ベリーズ文庫

溺甘豹変したエリートな彼は独占本能で奪い取る

西ナナヲ

目次

溺甘豹変したエリートな彼は
独占本能で奪い取る

部下がやってきた

その車はさっきの信号でも、この車の左隣に停まったのだった。

国産の黒いSUV《エスユーブイ》。

「なに笑ってるんだ?」

運転席から、不思議そうな声が尋ねてくる。

「隣の車がね、一緒に赤信号に引っかかり続けてるんです」

「こういうのって、一度つまずくと延々続くよな」

ため息と共に彼が言った。

私はSUVのドライバーを確認しようと、首をあちこちに傾けてみる。だけど向こうのウインドウに陽光が反射して見えない。

「車好きの男の子かな。ホイールもぴかぴか」

「SUVなら、車好きっていうより、ドライブ好きじゃないか?」

「それって、言うほど違います?」

「全然違うね」

乗っているのがこの欧州メーカーのクーペであるからには、彼は〝車好き〟のほうなんだろう。きっぱりと主張する、子どもっぽい態度に私は笑った。

信号が青になり、車が動き出すと、光の角度が変わってようやくSUVのドライバーが見えるようになった。

思ったとおり、私と同じ世代か、少し若いくらいの男性だ。日差しの強い今日、サングラスをかけている。ミディアムとショートの間くらいの、さっぱりしたヘアスタイル。髪色を変えていないところを見ると、社会人だろうか。

三ブロックほど国道を進んだところで、またしても一緒に赤信号に引っかかる。ドライバーがうんざりした様子でヘッドレストに片手を回すのが見えた。

ハンドルに置いた手でトントンと拍子を刻みながら、彼がふとこちらに顔を向けた。車高の差から、向こうはこちらを見下ろす形になる。助手席、すなわち車の左側にいる私とは、窓ガラス二枚を隔てているものの、距離は一メートルも離れていない。

彼のほうも、ずっと同じ車が並んでいることに気づいていたんだろう、私と目が合うと屈託なく笑いかけてきた。

「いやになっちゃうよな」なんて声が聞こえてきそうな笑顔。サングラスの奥の瞳が、きゅっと細められる。

二台は同時に走り出し、次の交差点が見えてくると、SUVが左折レーンに車線変更をした。交差点で別れるとき、ドライバーが片手を挙げてこちらに挨拶をする。

夏の日差しを浴びたSUVは力強く健康そうで、私はまた、自然と笑っていた。

＊＊＊

「中途入社って、珍しいですね」

耳にした情報に驚いて顔を上げた。

この監査部に、新たに配属される社員を受け入れるため、準備をしているところだ。渡す資料をそろえ、荷物置き場になっていた空きデスクを片づける。

壁際の席にいる部長が、同感だと言いたげにうなずいた。

「キャリア採用に力を入れていくらしい」

「その先鋒《せんぽう》として採用されたなら、相当優秀な方ってことですね、すごい。前職は?」

「そこまで確認できてないんだ。お前から聞いてみてくれよ。今日は一日、会話に費やしていいから」

大胆なストライプの入ったスーツを着こなした勝田《かった》部長は、四十代も終わろうとしている年齢に反して、身なりも精神もくたびれていない。

私は彼に、「はい」と応えた。

「今日からお世話になります、辻駿一《つじしゅんいち》といいます。よろしくお願いいたします」

やがて小さな会議室で引き合わされたのは、快活な笑顔に少し緊張を見せ、抑えきれない好奇心が全身からあふれ出しているような、若い男の子だった。

いや、男性だった。

こういうときについ〝男の子〟とか出てしまうあたり、歳を感じる。

仕方ない、二十九歳からしたら、二十代というのはもう振り返って懐かしむ世代だ。

目立つほどの長身でもなく平均よりは高いという、得することしかなさそうな身長に、すらっとしたバランスのいい身体つき。興味深げにこちらを観察している、素直そうな二重まぶたの目。私からすると〝かわいい〟の範疇《はんちゅう》だけれど、同世代の女の子からしたら〝かっこいい〟に入るのだろうと思われる爽やかな顔立ち。ダークグレーのスーツに白いワイシャツ、紺のネクタイというチョイスは清潔感があり、初出社の装いとして満点だ。

どこかで見たことがある顔のような気がして、頭の中で俳優やタレントを列挙してみるも、ぴたっと重なるものがない。

だれだったかな。

「僕は監査部で部長をしてます、勝田といいます。こっちの奴はユキ、よろしくね」

部長に親指で差された私は、この部署にも会社にもいい印象を持ってもらえますようにと願い、「よろしく」と明るく微笑んだ。

「どうぞ、座ってください」

そう会議机の向かいを示したにもかかわらず、辻くんはためらいがちな微笑を浮かべたまま立っている。

あっ、もしかして。

「ユキって、苗字ね。こう書きます」

言いながら、私は壁のホワイトボードに〝由岐穂香《ゆきほのか》〟と書いた。

やっぱりそこに引っかかっていたらしい。彼はほっとしたように「ですよね」と表情を緩め、勧めた椅子に腰を下ろした。

「部長の紹介が雑だから誤解を与えるんですよ」

「お前、自分の苗字が紛らわしいのを棚に上げて俺のせいか」

「前のお仕事について伺ってもいいですか？」

「無視か」

私たちの軽口を感じよく笑い飛ばし、辻くんが話しはじめる。

「神奈川《かながわ》で、ローカルメディアの営業をしていました。なので実は、都内のこのあたりには詳しくなかったりします」

「ローカルメディアというと？」

「ええとですね」

彼が携帯を取り出して机に置き、こちらに画面を見せてくれた。部長と同時にのぞき込んだ私は、左上にあるロゴを見て、あっと思った。

「これ、知ってるぞ」

そう言ったのは部長のほうだった。

「一時期、かなり話題になったよな、地域性が高いのに洗練された情報がそろってる、新しい形の地域新聞だって」

「たしかＮＰＯの活動を広げてビジネスにしたんですよね」

盛り上がる私と部長を、辻くんは照れくさそうに笑いながら見ている。

「僕、設立直後に入社してるんで、黎明期《れいめいき》から携わることができたんです。いい経験をさせてもらいました」

部長が感心したように腕組みをした。

「仕事して何年目？」

「四年目です。今年二十六になります」

「なんでうちに？」

「ええと、結局自分が扱っているのって〝情報〟だけだったので、ゼロからものが作られる現場に携わりたいと」

「あ、面接じゃないから、いいよ、正直なところで」

一瞬きょとんと目を見開いた辻くんは、なにを言われたのか理解すると、愉快そうに破顔《はがん》した。そうすると彼の顔は、最初の印象よりもぐっと幼くなるのだった。

「東京のど真ん中の、でっかい会社で働いてみたかったんです」

「ようこそ！」

部長が楕円《だえん》形の会議机越しに手を伸ばし、辻くんがすぐにその手を取る。続いて私と握手をした瞬間のことだった。

辻くんがはっと目を見開いて、まじまじと私を見た。

それから、ぱっと笑顔になって言ったのだ。

「アウディ！」

「え？」

私も部長も、ぽかんとした。

辻くんが握った手にぎゅっと力を込め、机越しに身を乗り出す。

「どこかで絶対に会ってると思ったんだ。覚えてませんか、ひと月くらい前、青山通《あおやまどお》りで、お互い車に乗ってて」

……あ！

奇跡のように、私も一瞬で記憶の糸がつながった。思わず彼を指さし、大きな声を出してしまう。

「黒のSUV！」

「そうです、うわ、すごい、こんな偶然もあるんですね」

「よく覚えてたね、あんな一瞬のこと」

「だってTTSクーペですよ、横に並んだ瞬間ガン見ですよ。ナビシートにはやっぱり美人乗せてるんだなあって、僕の中でミス・アウディとか勝手に呼んで」

再会の興奮をさましたのは、部長の不思議そうな声だった。

「ユキ、お前、だれのアウディ乗ってたんだ？」

あ……。

言葉に詰まった私に、辻くんがさっと目を合わせてくる。この話題を打ち切りたいという私の思いをたちどころに理解したようで、自然な声音《こわね》で続けた。

「そうだ、僕の業務内容について、お聞きしてもいいですか？」

「あっ……、そう、そうですね、ええと」

「ちなみに今仲よく手をつないでいるユキは、きみの上司だからね」

部長に言われて、私の手を握りっぱなしだったことに気がついたらしい。辻くんは私の顔と手を交互に見て、あっという顔をすると、はにかんで両手を離した。

それから「えっ、上司？」と一拍遅れの驚きを見せる。

「そう、この古い古い会社で、ふたり目の女性マネージャーだ。ちなみにひとり目はもう引退した、創業者の一族だからほぼノーカウントだな」

「そうなんですね。よろしくお願いします、ユキさん」

感じがよく、空気も読めて立場もわきまえていて、営業出身というのも納得できる。満足そうに笑っている勝田部長を横目で見ながら、私も、これからの仕事がおもしろくなりそうだと期待した。

「すみません、さっきの話、まずかったですか」

辻くんが心配そうに言った。

「ああ、車の？」

私は足を止めずに、すぐあとをついてくる彼を振り返る。

今日は一日、社内の案内や打ち合わせへの同席、業務の説明で消える予定だ。部内の顔合わせと業務内容の説明をひととおり終えたあたりで、さっそく他部署との約束の時刻になったので、辻くんと別フロアの会議室へ向かっている。

「いいよ、事実なんだし。部長は私に男っ気がないと信じてるから、驚いたんでしょ」

「すごいですね、ふたり目のマネージャーって」

「まあ、潮流《ちょうりゅう》だよね。会社からしたら、女性管理職の登用が義務みたいになってきて、困ってるんじゃないかな」

女だからと軽んじられていたかと思えば、女だからと下駄をはかされ、無理やり上に行かされる。よけいなお世話だよ、と言いたいのも本当だ。

「それでも、たくさんいる女性の中で、ユキさんにしようってだれかが言いだしたわけでしょ、誇っていいですよ」

「ありがと」

率直な物言いのせいか、辻くんの言葉は不思議と、本心なんだなと感じる。同じことを言っても、社交辞令にしか聞こえない人も多いのに。

つくづく得な子だな、などと考えつつ、打ち合わせへと頭を切り替える。

「さ、これから疲れるよ」

「体力なら僕、そこそこ自信あるんですけど」

「頭、頭」

私の脅しに緊張の色を見せた辻くんに笑いかけ、会議室のドアをノックした。


『へえ、見込みありそうなんだ？』

「すごく」

携帯を耳に当て、相手には見えないとわかっていながらうなずいた。

「監査法人との難しい打ち合わせがあったんですけど、全然わからないだろうに熱心に聞いて、その場でしていい質問とそうじゃない質問も、ちゃんと区別してるの」

『ゆとりとか言われてるけど、最近の若い子って、対応力の高さに感心するよな』

「言っときますけど、いわゆるゆとり世代のくくりなら、私も入ってるんですよ、ぎりぎり」

『そりゃ失礼』

ちっとも悪いと思っていそうにない声が言う。

ベッドサイドの時計を見ると、まだ夜の十一時前。話しながら1Kの間取りの部屋を出て、キッチンの横の冷蔵庫を開けた。

缶ビールを取り出してプルタブを引いた瞬間、『今、ビール開けただろ』と笑われる。いいじゃないか、毎晩というわけでもなし。

「気楽な独り暮らしですから」

『なんだそれ、嫌味か？』

「いいえ。今度、そちらにも紹介しますね、辻くん」

そうだ、なんと先日のＳＵＶのドライバーだったと伝えよう……と思ったのだけれど、よく考えたらドライバーの顔を見たのは私だけだ。その話は、またなにかの折にするとしよう。

『楽しみにしてる。じゃあな、おやすみ』

数分間の通話を終え、カウチに腰かけてテレビをつけた。ローテーブルに置いたＰＣで動画配信サービスにサインインし、途中まで観た映画を探す。

帰宅するのはだいたい夜の九時や十時なので、平日だと、二時間の映画ですら腰を落ち着けて観るひまがなく、数日かけるはめになる。

テレビにミラーリングした映画の中で、『自由の代償は孤独』という台詞が出てきて、ほっといてよ、とひとりごちた。

女、独身、三十路目前。

仕事がこれだけ充実していて、文句を言ったら罰が当たる。

四十分ほど観たところで、いい具合に身体が眠気を催《もよお》してきたので、逆らわずに寝ることにした。

また最後まで観られなかった。

まあいい。明日だって明後日だって、夜の予定はない。

自由を謳歌《おうか》する気持ち半分、自虐半分でそんなことを考えながら、柔らかいタオルケットにくるまって眠った。

＊　＊　＊

「おー、どうだった」

フロアに戻った辻くんと私に、部長がのんきな声をかけてきた。

「僕、監査ってこんな、するほうもきついなんて思ってなくて……ほんと……」

「まあ、模擬監査だけどな」

朝から二時間超にわたる伝票、請求書、納品書、企画書などの細かなチェックを経て、辻くんはふらふらだ。ちなみに同じ作業が午後も続く。

「お疲れさま。辻くんがいてくれて助かったよ」

「絶対嘘だとわかってますが、ありがとうございます」

机に突っ伏した辻くんの、消え入りそうな声が聞こえてくる。私はその背中をぽんと叩いてから、彼の向かいの自席についた。

「今日は販売促進部だったよな、進歩してたか?」

「ダメですね。忙しいのにこれ以上業務改善なんかやってられるかっていう姿勢です」

「あそこはなあ。部長がイノシシみたいな奴だからなあ」

「忙しいからこそ、スキームをきっちり作っておかないと、なにかあったときに取り返しのつかないことになるのに」

「粛清してやってくれ」

「そんな荒っぽいことはしませんよ」

部長の物騒な物言いに、私は肩をすくめて返した。ある程度強い態度で臨《のぞ》まないといけないのも本当だけれど、敵視されたらこじれるだけだ。

「あの、いろいろとお聞きしてる感じだと、この監査部って、最近できたような印象を受けたんですが」

早くも立ち直ったらしい辻くんが、会話に入ってくる。

突っ伏していたせいで前髪が上がり、むき出しになったおでこが赤くなっている。指さして教えてあげると、恥ずかしそうに、片手でさっさっと髪を直した。

「正確に言うと、大幅に拡充されたの。四月からだから、まだ半年もたってないね。それまでは三人しかいなくて。私と部長と、あと派遣さん」

「この規模の会社で、監査部が三人っていうのは少ないですよね?」

私はうなずいた。

「すごく少ない。でもそのレベルの会社もまだたくさんあるんだよ」

「経営者に危機感がないと、そういう体制になってしまうんだ。そこをユキとさんざん上申し、ようやくこれだけの人数がそろったんだよ」

部長が手を広げてみせた先には、十二名分のデスクがある。他部署との打ち合わせが多いため、ほとんどの部員が離席中だ。

「上申というと?」

「このままじゃ会社がまずいことになるって訴えたんだ、社長にさ」

「社長にですか」

「ここはどの本部にも属さない、社長直属の部署なんだ。社内の全部署に対して口出しをする立場だから」

「へえ……」と辻くんが部長の言葉にぽかんとする。

無防備に半開きになった口がかわいらしい。社内で顔が売れはじめたら、女子社員にめちゃくちゃ人気が出るに違いない。男性にもかわいがられそうな気がする。

「さ、お昼行く？」

声をかけると、辻くんが「はい」と素直にノートPCを閉じた。

昨日は初日ということもあって、部長と三人で食べに出た。今日は辻くんにリラックスしてもらいたいから、ふたりだけのほうがいい。

会社のビルを出れば、周辺はビジネスマン御用達の飲食店が並ぶエリアだ。

「食べたいもの、ある？」

「うーん……できたらがっつり系が」

大きな目をきょろきょろさせながら言うので、つい笑ってしまった。

「あ、ユキさんがいやなら、軽いところで、もちろん」

「ううん、おなかすいてるから、いいよ。若いなと思って」

「そんなに変わらなくないですか？」

「四つ違うよ。学年的には今年三十歳。早生まれだから、もう少し先だけど」

思っていた年齢と違ったのか、軽はずみに触れてはいけない年齢だと思ったのか、辻くんの顔に慎重な驚きが表れた。そしてなんのコメントもしない。賢明だ。

案内したのは、ご飯の盛りの自由度が高い定食屋だ。私は小盛り、彼は店員さんに丼の大きさを確認したうえで、大盛の上の、特盛を注文した。

「食べるねえ」

「なんか、食う量減らないんですよ、学生時代から。運動量は減ってるのに。絶対まずいよなって思うんですけど」

「なにかスポーツやってた？」

「あ、えーと……」

なぜか彼が即答をためらったとき、頼んだものが運ばれてきた。辻くんはずっしりと重そうなトレーを快く空中で受け取りながら、まだ答えを躊躇している。

「やってなくても、評価を下げたりしないよ？」

「違うんです、ええと、高校大学と、ラグビーをやってて」

「えっ、その体格で？」

言った瞬間、自分の口を手でふさいだ。明らかに彼は、こう言われるのがいやで返答をためらっていたのだ。

私がお箸を持ったのを確認してから、彼も「いただきます」と軽く手を合わせる。

それからちょっとむくれた顔で食べはじめた。

「ラグビーも、細かったり小さかったりする奴、いるんですよ」

「でも、イメージ的には」

「ゴリラみたいな奴でしょ、こう、スクラム組む人たち。あれはフォワードっていって、でかい八人がつくポジションなんです」

言いながら左手で、隣のだれかの肩を抱くような仕草をしてみせる。

「残りはバックスっていって、細いっていうか普通の体格の奴も多いです。足が速いとかキックがうまいとか、あとは流れを読めたりすることが大事で」

「辻くんは？」

「もちろん、バックスです」

「あの、前に有名になった人は」

「あ、彼もバックスです。フルバックっていう、うーん……攻めにも加わるゴールキーパーみたいな」

「細かいポジションもあるんだ」

「ありますか」

「辻くんは？」

「俺は、最後のほうは、スタンドオフっていう、ええと、そうだな、バスケのポイントガードみたいな……って言ってわかります？」

なんとなくわかる。

「司令塔でしょ？」

ごはんを頬張った口を行儀よくつぐんだまま、辻くんがこくこくとうなずいた。

私は笑いを噛み殺した。いろいろと問いかけてはいるものの、申し訳ないけれどやっぱりラグビーに興味はない。何人で戦うスポーツなのかも知らないし、聞いても絶対にすぐ忘れる。ただ、好きなものについて遠慮がちに語る辻くんが微笑ましくて、もっと話を聞きたいだけだ。こちらの興味の度合いをはかりながらも、なるべく情報を与えたいと考えているのがわかる。

「ユキさんは、どういった経緯で監査部に？」

「私はねえ、最初に二年間営業をして、まあこれはうちの新人は全員するんだけど、そのあとは営業企画部っていう部署に入ってね」

「今そのポジションなら、営業時代も優秀だったんでしょ」

「うーん、がんばっただけの評価はもらってたかな」

実際のところ、上司にも同僚にも恵まれ、いい成績を残すことができた。そのことが次の異動先である、営業企画部への配属を決めた。

「営業企画って、仕事柄、本部長とか社長とか、上のほうの人と接する機会が多くてね、それで目に留めてもらえたらしくて、今がある感じ」

「やっぱり、すごいですよ」

「単に覚えやすかったっていうのもあるんじゃないかな。男社会だから、女性ってだけですごく目立つし、気にしてもらえるの」

「そうは言っても、いやなこともあったでしょ」

「セクハラとか？　ああいうのはね、させる隙を与えないのが一番」

「さすが」

倍近く量が違ったにもかかわらず、食べ終えたのは同時だった。もしかしたら、私に合わせて彼がペースをセーブしていたのかもしれない。

「監査部にはどのくらい？」

「もうすぐ丸二年」

「マネージャーになったのは、いつなんですか？」

「この六月に上がったばかり。だから部下……っていうのも慣れないんだけどね。そういうポジションを持ったのは、辻くんがはじめて」

「そうなんですか」

「頼りなかったらごめんね、でもがんばるよ」

そもそもこういう本音をさらしてしまうのが、上司として正解なのかどうか。だけど限りなく正直な気持ちだ。

コップの水を飲んでいた辻くんが、じっと私を見る。

「俺、まだ監査とかど素人ですけど、勉強しますね」

彼が初日から、あいた時間にサーバの関連文書などを片っ端から読んでいたのを知っている。今でも十分よく勉強してるよ、と言おうとしたら、先に辻くんが続けた。

「で、ユキの部下、けっこうやるじゃんって言わせますから」

率直な、迷いのない目がにこっと笑う。

「ユキをマネージャーにして正解だったなって、会社に思わせてみせますから」

すぐに返事できなかった。

どんな上司になれるだろう。彼をどう成長に導いてあげられるだろう。

漠然と抱いていた不安がふっと霧散し、視界が明るくなったような気さえする。

彼と一緒に働くのは、きっと楽しい。

そんなささやかな、シンプルな未来が胸にころんと落ちてきた。

「ありがと」

辻くんは照れるでもなく、さっぱりと晴れやかに、もう一度にっこり笑った。

あとでラグビーについて調べてみようかな、なんて思った。

＊＊＊

「なにニヤニヤしてるんです？」

向かいの席から、辻くんが怪訝そうに尋ねる。

「辻くんの初々しい時代を思い出してた」

「今でも初々しいでしょ」

いやいや、十二分に頼もしいよ。

「これ、お客様相談部からもらった改善案です。修正入れたんで、見てください」

「ありがとう、早いね」

A３の用紙にプリントされた資料をチェックした。たった一カ月で、よくここまで勉強したなあと感心するほど緻密《ちみつ》な修正が入っている。

「これ、修正を入れてくれたところはこのままでオッケー。一番上に、監査の目的の欄を追加してくれる？　意外と忘れがちだから」

「なるほど、追記します。あの、大会議室Aってどこですか？」

次の打ち合わせ場所を確認しているんだろう、PCを見つめて首をひねっている。

「三階の受付の横に入り口があるんだよ、地味に」

答えたのは、彼の隣の席の布施《ふせ》くんだ。辻くんの二年上で、辻くんが入るまでは監査部で最年少だった。

「施錠《せじょう》されてるから、鍵を借りる必要があるんだけど」

「受付さんに聞けばわかります？」

「わかるよ」

「じゃ、行ってきます」

最後まで確認もせず、手帳とPCを持ってさっさと出ていってしまった。布施くんが好ましそうな視線で見送る。

「物怖じしないですねえ」

「素直って一番強いなと思うよね」

「うちみたいな嫌われ役の部署には、もったいないんじゃ？」

そう言う彼は、関連会社に対する簡易監査的なことも行う営業管理部という部署から来ており、もともとこの道には少し明るい。柔らかい物腰と、絶対にあとに引かない強さを持ち合わせていて、監査部においてはとても頼もしい存在だ。

「むしろ、適任なのかもしれないよ」

小柄な彼は、私の言葉に腕組みをし、「確かにそうかも」と何度もうなずいた。

大会議室に行くと、対面形式に並べた机の片隅に、辻くんがぽつんと座っていた。

「あれ、先方まだ来てないんだね」

「少し遅れるって連絡がありました。前回すごく早く来てたみたいだから、遅れをとらないようにと思って来たのに、肩透かし……」

気勢をそがれたらしく、気の抜けた顔でＰＣを叩いている。

「さっき指示いただいたの、追記しました。見てください」

早っ。

彼の隣に座り、ＰＣをのぞいた。伝えたかったことが見やすくまとめてある。

「完璧。それを最終版としてサーバに置いてくれる？」

「はい」

「辻くんてきれいに資料を作るよね、前の会社でそういうスキルも必要だったの？」

これは監査部のだれもが驚いていることで、部長に至っては『前職が営業って聞いた瞬間、事務処理能力だけは期待できないと覚悟したんだけどな』といろんな人に対して失礼なことを言いながら感心していた。

「必要っていうか、ベンチャーで小さい会社なんで、全部自分でやらなきゃいけないんですよ、アシスタントなんて当然いないし」

「そっか」

「営業で使う資料も自分で作るし、そうするとだんだん、便利な素材は共有するようになって。『こんなチャート図作ったから、みんな使って』みたいな」

「なるほど」

「そうなると、ほかの営業の作りかたとか見てまねしたり、裏技を教え合ったりして上達しますよね。そもそもそういう作業に時間をかけすぎたら肝心の営業の時間を削られるし、営業がちんたらしてたら会社が倒れますから」

なるほどなあー。

この会社のだれが、自分が効率よく働かなければ会社が危ない、なんて気概で仕事をしているだろう。〝大企業〟と呼ばれると、大きな仕事をしているような気になりがちだけれど、それはつまり責任がものすごく細かく分散されるということだ。

コンコン、とノックの音がし、購買部の社員がふたり、資料を抱えて入ってきた。

辻くんと私は背筋を正し、これから始まるハードな模擬監査への、心の準備をした。

＊＊＊

「あー！」

土曜日の昼間、自分しかいない部屋で悲鳴をあげた。

ペディキュアを塗っていて、ネイルポリッシュを倒したのだ。慌てて拾い上げたものの、フローリングの床にとろっとした赤い水たまりができている。

これは……下手にさわるより、乾いてから削ったほうがいい気がする。もったいないことをした、と嘆きながら二度目の塗りを終えたところに携帯が鳴った。

ローテーブルに手を伸ばし、相手が辻くんであることを確認して通話を押す。休日にかけてくるのは珍しい。

「由岐です」

『あ、ユキさん！　俺、ごめんなさい、すみません』

「え、なに、どうしたの？」

『お借りしてた本、間違って、いつものくせで線引いちゃった……』

今まで聞いたことがないほどの慌てた声だ。線を引いた瞬間、しまったと思って電話してきたに違いない。その様子が想像できて、笑った。

先日、仕事の参考にと私物の本を貸したのだ。社内監査人による内部統制の方法論をわかりやすく説いた単行本だ。

「かまわないよ、線を引いても書き込みしても。辻くんの一番頭に入る方法で読んで」

『でもこれ、著者のサイン入ってますよ……』

「セミナーの参加者全員に入れてくれたの。売ろうとも思ってないし、コレクターでもないし、私しか読まない本だから、気にしないで」

『すみません……』

「休みの日なのに、勉強？」

相当気に病んでいるようなので、話題を変えた。辻くんは控えめに『ほかにやることもないんで』と答える。

「ひとり暮らしだよね？」

『そうですよ、ユキさんもですよね？』

「そうだよ」

『なにをしてました？』

「足の爪を塗りながら、提案資料を作ってた」

『女の人って大変ですね……』

「でしょ。労わってね」

『労わってますよ、この間コーヒーごちそうしたでしょ』

調子が戻ってきたみたいだ。

「いい天気なのに、出かけないの？」

水を向けると、思惑どおり、『あー』といいことを思いついたような明るい声が返ってくる。

『車出そうかな』

「愛車によろしく伝えてね」

『洗うには日差しが強すぎますよねー？』

「夕方から曇るみたいよ」

『おっ！』

頭の中で今日のスケジュールを立てはじめたのがわかる。私は笑いながら、行ってらっしゃいと伝えて通話を終えた。

しっかりしているくせに、どうしてああ無邪気なのか。

他部署の女性から「かっこいい子が入ったって?」と聞かれることも増えた。八階建ての本社に勤務する従業員は四百名ほど。ほとんどの部署に顔が知られるのも時間の問題だろう。

提案資料の文面を頭の中で練りつつ、トップコートを丁寧に塗り、お昼ごはんをどうしようかな、と思案した。

＊＊＊

「ちくしょう」

打ち合わせからの帰り道、むしゃくしゃが収まらず吐き捨てた。

なにかに八つ当たりしたくなり、通りがかったダストステーションで、空のペットボトルをゴミ箱に叩きつけるように投げ入れる。それでもなお気分が晴れず、苛立ちを逃がす当てを探していると、「どうどう」と背中を叩かれた。

「あれは向こうがひどいですよ、ユキさんが荒れる必要ないです」

「向こうがひどいから荒れてるの」

「なんか飲みます？　ごちそうしますよ」

「あの部署は去年も、支払い期日の超過があったの。それも何件も。監査で見つけて追徴金を払ってもらいはしたけど、それを『追徴金を払えば期日を破ってもいい』と覚えてしまってる。あれはもう、部署の体質なんだよ、本当に危ない」

「わかりますよ、さっきも、どんな忠告ものれんに腕押しだなって感じました」

「なにかあってからじゃ遅いの。それなりの立場にある人が危機意識を持って、部内を統制しないと」

各部署にいる監査対応の担当者は、新人が多い。庶務と同じ感覚で、面倒くさそうだから、と若手に任せる部署が多いからだ。だけどこの仕事は部署全体の業務や取引のフローを熟知していないと難しく、また先輩部員たちに業務の改善を求める必要があるため、発言権の軽い若手には荷が重い。

というわけで、なるべくマネージャークラスが担当するよう監査部から〝要望〟を出している。〝指示〟という形でもっと強く要請することもできるけれど、できたら、なぜそうしなければならないかを理解した上で自発的に責任者を置いてほしい。模擬監査のかたわら、各部署にその提案をし続けているのだけれど、これがなかなか……。

「疲れた……」

「はい、好きなほう、どうぞ」

私がため息をついている間に、辻くんはすぐそばの自販機で缶コーヒーを買っていたらしい。二種類の缶をこちらに差し出している。無糖と微糖。

気が立っているので甘いもので鎮めようと、微糖のほうをもらった。

「ありがとう」

「なにもおかしくないのに笑う人って、神経を逆なでしますよね」

「あの課長さんも、悪い人じゃないんだけどなあ。どうもこっちを軽く見てるふしがあるよね……」

それも仕方ないのかもしれない。なにせこちらは〝会社の事情で昇進させてもらった〟と話題の女マネージャーと、監査歴一カ月の新人だ。

「女だからとか、気にしたもん負けですよ」

「そうなんだけどね……」

ため息まじりに答えてから、あれ、と考える。私、声に出してた？

缶コーヒーをあおると、辻くんと目が合った。もの言いたげに眉を上げて、「そう考えてたんでしょ」と言い当てる。

「まあね」

「今日の、ああいう課長さんみたいな人は、相手がだれだろうが、なにかしら見下す理由を見つけてバカにするんですよ、ユキさんにはたまたま、女性っていうわかりやすいポイントがあっただけ」

「まあね」

「これまでいろんな部署の人と会いましたけど、だいたいみんなユキさんに好意的じゃないですか、応援してるっていうか」

「まあね」

「まじめに聞いてます⁉」

怒られた。

辻くんは私に人差し指を向け、厳しい声を出す。

「気にされたくなければ、気にしないことです。少なくとも俺は、ユキさんが今のポジションにいるのをまったくおかしいとは思わないし、同じ意見の人のほうが圧倒的に多いと感じてますよ」

「前の会社に、女性の管理職っていた？」

「社長がそもそも、女性でした」

「なるほどね」

缶を爪でカンカンと叩きながら、そりゃ偏見も先入観もないわけだ、と辻くんのフラットさに納得した。すかさず彼がむっとした顔をする。

「今の情報で、俺の発言は信ぴょう性が増したんですか、それともなにかさっぴかれたんですかね」

鋭い。まったく参ってしまう、こういう鋭さと、それを口に出すのをためらわない率直さ。缶をゴミ箱に捨て、「どっちでもないよ」と正直に話した。

「私の中の、辻くん情報に厚みが増しただけ」

「なら紛らわしいタイミングで、俺の考えの裏を取るようなこと聞かないでください」

「昨日は結局、出かけたの？」

「えっ？」

はっきりした二重の目が丸くなる。

「……はい、車でアウトレットまで」

「なに買ったの、服？」

「ですね、あと引っ越したばかりなんで、日用品も」

「やっぱり縞々の服を着てると落ち着くの？」

「バカにしてるでしょ?」

フロアに向かうため廊下に出ながら、私はうーんと伸びをした。

「がんばろ」

PCを小脇に抱えた辻くんが追いついてくる。

「俺もがんばります」

「頼んだよ、伸びしろがあるのはそっちなんだから」

「まだだれかに伸ばしてほしい年ごろなんですけど?」

「伸ばしてあげるよ、いくらでも」

励ましてもらっていた立場を棚に上げ、私は手帳で彼の背中を叩いた。


年々、企業を取り巻く「清廉潔白であれ」という目は厳しくなっている。

会社法、会計法、下請法、独占禁止法、個人情報保護法……などなど、無数の戒律に縛られて、会社というものは必死に呼吸をしている。

企業は自分たちが不正を行っていないことだけでなく、「不正が起こりにくい仕組みを作っていますよ」と証明することまで求められるようになった。

万が一、第三者機関からの指摘で不正が見つかれば、「この会社は信用に足りません」ということを、市場に向けてきっちりアナウンスされてしまう。それがどれほど恐ろしいことか、企業で働く人間は、だれもが肝に銘じておかなければいけない。

そういう時代だ。

が、そんな自覚を持っている人は、まだごく少数。

「だから外部から刺される前に、まず内部で仕組みの改善をはかったり、自浄作用を促したり、そもそもどういう行為が不正に当たるのかを啓蒙したりする部署が、私たち監査部なわけです」

私はもう何度繰り返したかわからない説明を、目の前にいる、カスタマー企画部企画課の久保《くぼ》課長に向かってした。

「決して各部署の粗さがしをして点数をつけるのが目的じゃないんです。改善すべき点を見つけて、一緒に改善案を考えるのが私たちの仕事なんですよ」

「そうは言っても、監査用に書類を探してそろえるだけで、ものすごい負担なんだよ」

「それがそもそも、問題の一端ともいえるんです。本来、会計書類一式は五年分を各部署で保管しておくのがルールです。保管というのはただ取っておくだけではありません。必要なときに必要なものを取り出せる状態にしておくことです」

「簡単に言うけどさ」

いかにも迷惑そうなため息を聞いたとき、ひらめいた。

「ね、久保さん、よかったら私、そちらの部署の資料、整理しに行きますよ」

「え？」

「もちろん最初の一回だけですが、きれいにファイリングして、ストッカーに収めるところまでやってあげます。どう？」

ぽっちゃりした顔の中のつぶらな瞳が、興味深げに瞬く。

「え、それ、ほんと？」

「もちろん」

「いつ？」

「すぐにでも。ただわりと力仕事なので、ひとりサポートをつけてください」

久保さんは目に見えて乗り気になり、「派遣さんに時間を取ってもらうよ」と約束して、上機嫌で会議室を出ていった。

「……いいんですか？」

ふたりきりになったあと、辻くんが心配そうに聞いてくる。

「ああいうのもありかなって思って」

「でも」

私は資料を集めて揃え、PCを閉じた。

「いいの」

「ユキさんが数時間犠牲にすればいいって話じゃないですよ、これからいろんな部署が、うちもうちもって言ってくる可能性もある」

「それはねじ伏せるから大丈夫」

「なんでこんな、サービス業みたいなこと」

「私もねえ、ちょっとわかるんだよね」

自分が必要と信じていないことを、部下に命令するのは難しい。自分もやりかたを知らないことを、指示するのは難しい。まじめな人ほど陥りやすい穴だ。

「整理しろって言われても、その資料がどんなふうに使われるのかがわかってないとできない。やらなきゃと思いつつ、手をつけられずにいる部署も多いと思う」

「だから見本を見せてあげるんですか？」

「そう。それがとっかかりになって、監査対応そのものにも前向きになってくれる可能性だって、あると思うの」

ほめられた方法じゃないけれど、これもひとつの手だ。

「ついでに業務フローがどうなってるかも探ってこようと思う」

「行くときは声かけてください、手伝いますよ」

「監査部がふたりも行ったら大げさだよ」

「大げさにしといたほうがいいでしょ。たかが資料の片づけに、他部署の人間をふたりも借りなきゃいけない自分たちってなに?と思わせてやりましょうよ。俺、片づけ得意だし」

「ありがと」

にこっと笑う辻くんに微笑み返して、会議室を出た。

「由岐」

階段の横を通ったとき、上のほうから声をかけられた。

背の高い、がっしりした体格の男性が、片手に書類、片手はポケットという格好で下りてくる。身なりがよく、男らしく整った顔立ちには清潔感があって、怖そうにも見えるのに、気さくな笑顔がその印象をすぐ打ち消す。

「高戸《たかと》さん」

「久しぶり、あっ、と、失礼」

軽い足取りで階段を下りた彼は、ちょうど廊下を追いついてきた辻くんと、まともにぶつかってしまった。ふたりの持っていた書類が廊下に散らばる。

「うわ、すみません」

「いや、こちらこそ」

慌てて辻くんが屈み込み、高戸さんの分の書類も拾い集めて渡した。「ありがとう」と受け取る彼は、少し日に焼けている。

「確かにお久しぶり。どこか行ってました？」

「報奨旅行の付き添いで、ハワイ」

いいなあ、と思わず羨望が声に出た。

「海にも買い物にも興味ない身からすると、きついもんだぜ」

「レンタカーで遊んできたらよかったのに」

「無茶言うな、ずっとお偉いさんとバスツアーだよ」

彼が辻くんに視線をやって、私に尋ねた。

「彼？」

「あっ、そうそう、辻くん。監査部のホープ」

「どうも、営業部の高戸です」

「辻です、お世話になります」

「体幹いいね、なにかやってた？」

ぶつかったとき、書類こそ跳ね飛ばされたものの、まったくよろけなかったことを言っているんだろう。頭半分ほど大きく、体格もかなり違う高戸さんから微笑みかけられた辻くんは、なぜか顔を赤らめ、「あ、ラグビーを」と小さな声で答える。

「ほんと？　俺もラグビー、ポジションは？」

「えっ、ほんとですか、あの、スタンドオフです。ええと、高戸さんは」

「俺はエイト」

辻くんがうつむいて、「やばい、一番かっこいいとこだ……」とつぶやいた。

高戸さん、いい身体だと思っていたらラガーマンだったのか。しかもナンバーエイトということは、フォワードだ。……と、なけなしのラグビー知識を駆使してみる。

ところで、辻くんはいったいなにをそんなに照れているの？

「高戸さんは営業一課長で、監査対応のとりまとめもしてくれてるんだよ。これからすごくお世話になる方だから」

「あっ、そうなんですか、よろしくお願いします。不勉強ですが、ユキさんにご指導いただいてがんばりますので」

「すごく頼もしいって由岐から聞いてる。よろしく」

まっすぐ目を見つめられて、辻くんは昇天しそうな勢いで、「はいっ」と破顔した。

「なんなんですか、あの人、かっこいい……」

高戸さんが行ってしまったあと、辻くんは悩まし気なため息をつき、赤らんだ顔をしきりに手でこすっている。

「いや、辻くんがなんなの」

「憧れるんですよ、ああいう、男、って感じの人」

あ、そうなの？

「ナンバーエイトって花形なの？」

「俺は一番かっこいいと思います。視野が広くないとできないし、パワーも俊敏さも求められるし、エイトがダメだとチーム全体がどうしようもなくなります。だからエイトにはキャプテンも多いんです。高戸さんもたぶん、キャプテンだったんじゃないかな、雰囲気的に」

「へえー」

「あんな若いのに、課長さんなんですか？」

「うん、私の五年上。社内で最年少の課長のはず」

「仲よさそうでしたね」

「私が営業企画部にいたとき、彼が営業部で、ウィングマンって呼ばれるブロックマネージャーをやっててね、仕事での絡みも多かったの」

「ウィングって、それこそラグビーの花形ですよ！」

「いい加減ラグビーから離れてくれない？」

「営業部なら、模擬監査は来月からですかね、楽しみすぎる」

そこに、「辻くん！」と廊下の先から呼び声がかかった。さっき去ったはずの高戸さんだ。左手に一枚のプリントアウトを掲げ、戻ってくる。

「これ、きみのがまざってた、ごめん」

「あっ、わざわざすみません、どうも」

またもや浮かれた声で、辻くんが手を差し出した。そして書類を受け取る直前、ぎくっと動作を止めた。

一瞬のことだったから、高戸さんは気づかなかったに違いない。じゃあ、と軽く挨拶をして、再び廊下の奥へ消える。

そのうしろ姿を、辻くんはじっと見送っていた。

「……どうしたの？」

声をかけると、浮かれも照れもいっさいなくした目が、静かに私を見つめた。

「ミスター・アウディ」

血の気が音を立てて引いていった。辻くんはじっと私を観察している。もう今さら、否定したって意味ないだろう。

「社内の人だったんですね」

「……どうして」

「腕時計で」

甘かった。高戸さんが辻くんを見なかったように、辻くんも、私の右隣にいたドライバーのことなんて、見ていなかったのだと思っていた。

自分の目が泳ぎはじめたのを感じる。

「ねえ、そんな反応するってことは、当然わかってるんだよね、ユキさんも」

辻くんは容赦ない。やめて、と心の中で叫んだ。

「指輪してるじゃないですか、あの人」

私はぎゅっと目を閉じた。

〝まだ〟

廊下の片隅で、私たちは無言で佇《たたず》んでいた。

辻くんは釈明を待っているに違いない。だけど、なにを言えばいいのかわからない。

「……さっきも言ったでしょ、わりと仲いいの。それだけ」

「休日にふたりで、あんな車でドライブしといて、〝それだけ〟？　それ、向こうの奥さんの前で言えます？」

やめてよ。

「別居中」

「そう言われただけでしょ」

「疑う理由なんてないじゃない」

「まさか、きみのために別れるよとか言われてませんよね。それを真に受けてたりしませんよね？」

「よけいなお世話！」

ここが会社であることも忘れ、きつい声を出した。

よけいなお世話だよ、ほんと。どうしてそんなに食いついてくるの。年齢のことも階級のことも、いつもそつなく流してくれるくせに、どうしてこの話題だけ見逃してくれないの。

仕事でも、彼に声を荒げたことなんてない。辻くんが一瞬、傷ついたような顔を見せたような気がしたけれど、すぐに消えたので、見間違いかもしれない。

「世話なんかする気ないですよ」

「じゃあ、ほっといて」

「単純に、愚かだって言ってるんです。浅はか。思慮に欠けすぎ」

「そんなふうに言われるようなことしてない」

「それ、どういう意味です？　まだ寝てないって意味？　だからなんなの？　時間の問題だって、自分でもわかってるでしょ」

とっさに右手に力がこもったのを、ぎゅっと握りしめて耐えた。辻くんの視線がさっとそこに落ちてから、私の目をとらえる。

「殴っていいですよ、訴えたりしないし」

「なんで急に、そんな態度なの？　私が愚かで浅はかだとして、辻くんに関係ある？」

「さあ。これからわかるんじゃないですか」

「仕事には持ち込んでなかったつもり。都合のいい言い分かもしれないけど、辻くんも、仕事中は忘れてほしい」

すぐに返事はなかった。

辻くんは静かに私を見ている。軽蔑が浮かんでいるわけでもない、嘲《あざけ》っているわけでもない、なにを考えているのかわからない瞳。いたたまれずに目をそらした。

彼が落ち着いた声で言った。

「……出しませんよ、そんなの、俺だって」

「口止めする気はないから」

「え？」

私は身体の脇で、ＰＣと資料を握りしめる。

「だれにも言わないでほしいけど、辻くんが自分で手に入れた事実なんだから、好きにしていいよ」

「俺のこと、なんだと思ってます？」

突然彼が出した険しい声に、思わず彼を見た。辻くんは腹立たしそうな、心外だとでも言いたそうな表情で、こちらをにらんでいる。

「だれにも言いませんよ、絶対に。俺はユキさんの部下です。ユキさんが不利になるようなことするわけがないでしょう。そのくらい、言わなくても信じてください」

彼が本気で怒っている様子だったので、私はたじろいだ。

「……ごめん」

「だれにも言いません。だからユキさんも、絶対に人に勘づかれないようにして。それだけは気をつけて、絶対だよ」

絶対だよ、と辻くんはくり返した。私は自己嫌悪に打ちのめされるあまり、機械的にこくこくとうなずくことしかできない。

彼は、私が本当に理解したかどうかを確かめるように、身を屈めて私の目をのぞき込み、やがて、ふっと息をついた。

「戻りましょうか」

「……うん」

身体が鉛みたいに重く感じた。

仕方ない、自分しか悪くない。これは私が引きずって歩くべき重しだ。

小学生のころ、毎年運動会の前夜になると、校庭に隕石が落ちればいいのにと願った。あの気持ちに似ている。

明日、会社に行かなくて済めばいいのに。

なんてね、と自宅のベッドの上で寝返りを打った。

高戸さんとはじめて会ったのは、入社してすぐ、営業部に配属されたときだ。私は右も左もわからない新米、彼は六年目のエース。私はすぐに西日本の営業拠点に赴任したので、そのころは特に親しく話すこともなかった。

入社三年目になるころ、本社に戻ってきた私は営業企画部に配属され、南関東を担当する営業員だった彼は、関東全域を見るウィングマンとなった。

私の仕事は、営業部から吸い上げた情報をもとに、販売目標を設定したりキャンペーンなどの施策を立てたりすること。また営業部全体の予算を司るのも企画部の仕事で、営業部でもっとも重要な市場を扱っている関東ウィングマンとは、必然的に切っても切れない仲になる。

紅一点である私は、当時からなにかと注目を浴びた。

『困ってるんじゃないのか？』

『困ってはいないです。残念だなと思うだけ』

『甘え下手だな』

彼はそう苦笑して、悪意があったりなかったりする周囲の止まない関心から、私を守ってくれた。

それは私が監査部に異動したあとも変わらなかった。社内から厄介者扱いされがちな監査人の立場を、彼は最初から理解してくれ、部署をあげて味方もしてくれた。

最初は、数人で飲みに行くことが多かった。

やがてふたりで二軒目に行くようになった。次はあそこの店に行ってみたいよね、なんて会話から、次回の約束をするようになり——休日に会って食事をしたときには、なにか一線を越えた気もした。

あふれてくる記憶を止めようと、照明を落とした部屋の中、目の上に腕を乗せる。

「なにやってるんだか……」

私が本社に戻ってきた時点で、彼はもう結婚をしていた。子どもはいない。結婚歴が浅かった当時から、彼は家や奥さんについて語るタイプではなく、ただ結婚式に参列した人たちから、きれいなお嫁さんだったよと聞くくらい。

自分がしているのが恋だなんて思っていない。

彼を好きなのかすらわからない。

辻くんに〝それだけ〟と言ったのは嘘じゃない。私たちの間には、なにもない。

ただ一度だけ、関係が変わりそうになったことがある。

休日に会った夜、彼がいつものようにマンションの前まで車で送ってくれた。車から降りて手を振ろうとしたところ、なぜか彼も降りてきて、無言で私を抱き寄せた。なにも言われなかった。

私もなにを言ったらいいのかわからず、抱きしめ返す覚悟もなく、なりゆきに任せようと思い切ることもできず、ただ立ち尽くして、頭を優しく抱いてくれる手の温かさを感じていた。

耳元に感じる吐息は、震えていた。

彼も迷っているのだ。

そのことに気がついたとき、私はどうしてか、ほっとした。

やがて彼は私を離し、「おやすみ」と微笑んで去っていった。謝るでもなく、がっかりした様子を見せることもなく、いつもどおりの彼のままで。

これだから、私は彼のそばで安心しきってしまう。

強引でもない、開き直ってもいない。私といる時間を純粋に楽しみ、時おり、できたら私が欲しいのだと、控えめに表現してくれる。

私はそのたびに、頭が冷える感覚と、胸の高鳴りを同時に味わう。

どうすべきかなんてわかっている。

ただ今の私には、そうする気がないというだけで。

＊＊＊

「すっきりしたあー、私、前の会社が監査とかすごく厳しかったんで、もう気になって気になって。久保さんに言ってても反応ないし」

派遣さんの遠慮のない言葉に、私も辻くんも笑った。キャビネットに整然と並んだ書類フォルダが、達成感を与えてくれる。

「これからもこの状態をキープしてもらえますか？」

「もっちろん！　ほかの部署の派遣さんとも仲いいので、派遣ネットワークでこの整理方法、広めます」

「ぜひ」

辻くんがうなずいた。

「部署でなにか言われたら、監査部に命令されてって言ってくれていいですから」

まっすぐな視線を浴びて、派遣さんは「はい」と耳を赤く染めた。

「ありがとう、助かった」

監査部に戻る途中、あらためて辻くんにお礼を伝えた。やはり私だけで行こうとしていたところ、なかば無理矢理くっついてきたのだ。

「ね、俺がいたほうがよかったでしょ、あれだけの量」

「うん」

作業していて気づいたのだけれど、彼はたぶん、大変そうだからとか、ちょっと大ごとに見せかけたほうがいいからとか、それだけで手伝ってくれたわけじゃない。

〝女の仕事〟と受け取られてしまわないよう、ついてきてくれたのだ。

半日かけて会議室で整理をしている間、開け放しておいたドアからたびたび部員が顔をのぞかせた。私と派遣さんを見て「お、がんばってるねー」といった声をかけた彼らは、辻くんに気づくとはっとして、「お疲れさまです」と声をかけ直した。

考えさせられる。担当しているのが私や派遣さんだというだけで、仕事の内容までもが軽く見えてしまう、そんなことが実際に起こり得るのだ。

「うーん……」

「なに考えてるか、わかりますよ」

「気をつけないとなあと思って。べつに落ち込んではいないよ」

「前の会社の社長はね、女であることが武器になりそうな場にはひとりで行って、なめられそうな場には男性社員を同行させてました」

「すごい割り切りだね」

「相手の価値観は変えられませんから。商談相手も選べませんしね」

「意地を張るだけ無駄ってことね」

「そう。最終的に〝自分自身〟を認めさせればいいんです。赤の他人にそれ以上の変革を望むのは無理な話だと」

一理ある。ただ、〝自分自身〟を認めさせるのもそう簡単ではない。

「明日の出張、社有車を予約できたんで、朝、ユキさんちまで迎えに行きますね」

「わざわざいいのに。駅で待ち合わせれば」

「泊まりだし、荷物もあるでしょ。気にしないでください」

ちょきちょきとピースサインを動かしてみせる彼は、これまでと変わらず無邪気で明るく、そつがない。それに救われて、私もしれっと、いつもどおりを演じている。

辻くんが心の奥でなにを考えているのか、怖くて知ることもできないまま。

「そんな格好で出てこないでくださいよ！」

「ドライヤーが使えなかったの」

翌朝、一泊分の荷物を詰めたキャリーケースを持ってマンションを出たら、顔を合わせるなり文句を言われた。

そこまでひどい格好じゃない。濡れた髪でジャケットを湿らせたくないため、仕方なくノースリーブ一枚になっているだけだ。

「なんで使えなかったんですか?」

「シャワーから出たところでマンションが停電したの。さっき復旧したんだけど、間に合わなかった」

「俺、待ってますよ」

「いいよ、もうこのまま行っちゃう」

地味な銀色のセダンのうしろにキャリーケースを積もうとしたら、横から伸びてきた手が取り上げる。辻くんは軽々ケースを持ち上げ、丁寧にトランクに収めた。

これから地方の事業所に、出張監査に出向くのだ。辻くんとふたりで。

よりによってこのタイミングでこの顔ぶれ、とひそかに胃を痛めた私と違い、辻くんは窓を半開きにし、機嫌よく運転している。

「三時間はかからないですね、早く出てきてよかった」

「向こうでは、埃っぽい書類保管庫に缶詰だからね。道中を楽しんだほうがいいよ」

「マジですか……」

今から行く事業所は、毎度〝お任せ監査〟という感じだ。担当者が必要書類を持ってきてくれる本社と違い、「なんでも見て」と保管庫に放り込まれる。あれこれごまかされたり弁解を聞いたりせずに済む反面、膨大な文書を片っ端から調べなければならず、体力的にきつい。

車の窓から見上げる空は、すっかり秋の様相だ。遥か高い場所に、うろこ雲の天井ができている。湿った髪を梳く風が気持ちいい。

「上期も終わるね」

なんとはなしにつぶやくと、返ってきたのは「窓、やっぱり閉めていいですか」というそっけない言葉だった。

「うん、暑かった？」

「いえ、もうすぐ高速だし、あと、ユキさんの髪が」

右手元のボタンを操作しながら、辻くんが言う。なにか迷惑でもかけていたかと、肩にかかる長さの髪を思わず手で押さえた。

「なびいて、すごくいい匂いが、こっちに来るんで」

……どういう反応をすればいいのかわからなかった。

彼もどうしてそんなことを言ったのか、自分でわかっていないみたいだ。発言を後悔しているかのように、ぎゅっと唇を引き結んでいる。

なんだ、この空気。

私たちは残りの二時間半ほどを、ほとんど無言で過ごした。

『おー、お疲れさん、今年は辻がいて助かるな』

「去年は部長と回りましたもんね……」

午前中の調査を終えたところで、部長に進捗報告の連絡を入れた。

『辻は？』

「死んでます」

会議机の向かい側で、分厚いバインダーに埋もれて突っ伏している。

『内容はどうだ』

「悪くないですよ、前回指摘した部分も直ってるし。ただどうしても、人為的ミスが目立つかな……案件数が多いので、必然的にミスが増えるのも仕方ないんですけど」

『うーん、たぶん作業フローに問題があるんだろうけどな。そこまで口出しすると、さすがにな……』

「あとでまとめて報告しますから、できるようなら部長から、こちらの事業所長に働きかけてください」

『そうだな。じゃ、残りもがんばれよ』

「はい」

電話を切るのと同時にドアがノックされた。制服を着た、事業所の事務担当の女性が顔をのぞかせる。ベテランの風格を漂わせた、五十代くらいの方だ。

「本社さん、お昼どうされます？」

「あ、合間にとりますので、おかまいなく」

「じゃあ、あとでお菓子をお持ちしますね」

にっこり微笑んで、物珍しそうに辻くんのほうを見る。バインダーから顔を上げた辻くんは、「お邪魔してます」と愛想よく頭を下げて返した。

女性の気配が、ドア越しに消えたのを確認すると、辻くんが肩を落とす。

「何度も来てるんですよね？　なのに〝本社さん〟って」

「まあ、お互いさまだよ。私もここの人たちの名前は把握してないもの」

「それにしたって……」

「お昼食べに行こっか」

気分転換が必要だ。外を指さして誘うと、辻くんは少し考え、こくんとうなずいた。二階建てのこぢんまりした事務所を出ると、真上から太陽に照らされて目の奥が痛んだ。周囲の建屋からは、巨大な機械が動く大きな音が聞こえる。この事業所は敷地の大部分が工場なのだ。

守衛所を通り、事業所の門を出ると、強烈な磯の香が鼻をついた。海辺の町は、どこを見回しても海鮮料理の看板だらけだ。まだ十二時前だからか、行列もできていない。すなわち新参者にはおいしいお店の判別ができない。辻くんとふたり、往来で悩んでいたら、目の前に白いタクシーが停まって、運転士さんが降りてきた。迷いなく一軒の食堂に入っていったのを見て、私たちは顔を見合わせた。

当たりだった。

運ばれてきた海鮮丼は、ひと口食べたらしばらく言葉が出ないほどだった。やっとのことで「おいしい」と絞り出す。頭脳労働で疲弊した身体に、滋味が染み渡る。

「あーっ、感動の味でした」

早々と平らげた辻くんが、満足そうな息をついた。

「まだ時間ありますよね？」

「そうだね、少しゆっくりしてから戻ろう」

ふと見たテーブルの上に灰皿があったので、つい「煙草《たばこ》は吸わないの?」と聞き、やってしまったと悔いた。辻くんが愉快そうに口の端を上げる。

「高戸さんは吸うんだ」

「……そういうつもりで言ったんじゃないよ」

「俺たち、白々しかったですよね、ここに来る間も、その前も。わざとその話題、なかったふりして」

「そうだけど、蒸し返したい話でも……」

「高戸さんにはもう言ったんですか、ばれちゃったって?」

「ばれたとか、そういう……」

「そういう関係じゃない? その言い訳は胸にしまっておいたほうがいいですよ。外野からしたら、なに言ってんのとしか思わないから」

どうして、仕事の合間にこんな話をしなきゃならないの。私は視線をさまよわせ、逃げるようにお茶を飲んだ。

「話を戻すと、俺はほとんど吸いません。ほんとにたまに、飲んでるときに吸ったりしますけど」

「そう」

「反応薄くないですか？　自分で聞いたのに」

意地悪く茶化す辻くんは、なんとなく、いつもの彼じゃない。どこがどう違うのかというと、うまく言葉にならないんだけれど。

「高戸さんとはじめて交わした会話って、なんでした？」

「え？」

脈絡のない問いに戸惑った。ええと、と記憶を探る。

「……覚えてない。たぶんこっちは新人で、はじめましてとかよろしくお願いしますとか、そんなことだと思う」

「じゃあ、最後の会話は？」

また記憶を探った。

「この間の、辻くんも一緒にいたときの会話かな……」

「あれ以降、話してないんだ？」

「そうだけど、なんでそんなこと聞くの？」

「もっと生々しい質問のほうがいいですか？　しようと思えばできますけど」

自分の顔が、情けなく曇るのがわかる。

「あの、仕事中は、こういう話」

「仕事中じゃありませんし」

「それは屁理屈《へりくつ》だよ」

「じゃあ、いつならいいんです？」

「そもそも、話すようなことじゃ……」

「俺は話したいですよ、知りたいもん、ユキさんのこと」

「いい加減にしてよ」

厳しく言ったつもりが、訴えるようなこわばった声になった。頬杖をついた辻くんが、大きな目でまばたきをする。

「いい加減にして。遠回しにからかわれるくらいなら、罵られたほうがまし」

彼はなにか言おうと口を開け、また閉じた。

「……俺、からかってないですよ」

「じゃあなに？　弱みを握ったつもり？　握ってるよ、実際。やっぱりだれにも言わないで、その話はしたくないってお願いしないとだめ？　すれば満足？」

ぴりぴりしていたせいで、まくしたてるような口調になった。辻くんはみるみる困った顔になり、テーブルの上から腕を下ろす。

「すみません。調子に乗りすぎました」

申し訳なさそうなその様子に、頭に上っていた血が一瞬で引いた。辻くんを責める資格が、私のどこにあるというのか。

「ううん、ごめん……私こそ」

気づけば周りのテーブルが埋まりだしている。今の口論は、店内の喧騒《けんそう》にまぎれてだれの注意も引かずに済んだらしい。

「あの、私が上司だとやりづらいなら、部長に言って配置を変えてもらうよ。辻くんなら、だれと組んでも……」

「やりづらくなんてないです」

予想外にきっぱりした返事が聞こえた。辻くんの顔は真剣そのもので、切羽詰まっていると言ってもいいくらいだった。

「俺は、ユキさんの下で働きたいですよ」

「……愚かで浅はかなのに？」

「そりゃ、ダメなことしてるなあとは思ってますけど。それはそれ、です。仕事人としてのユキさんへの尊敬は、まったく変わってません」

「ごめんね、人としての点は下がって」

「そこも下がってないですって」

「どうして下がらないの?」

思わず食い下がった。私はきっと、これ以上ないくらい情けない顔をしていたに違いない。辻くんが耐えかねたように、ぷっと吹き出す。

「気にしてたんですか？　俺に幻滅されたらどうしようって？」

「……そりゃあね」

　はじめてできた部下を、こんな形で失望させて、得かけていた信頼も失って。

「してませんよ、幻滅なんて」

「どうして？」

　辻くんは身を乗り出すようにして、机に肘《ひじ》をついた。

「ユキさん、口が堅いね。俺がなにを聞いても、はっきりしたことを言わなかった」

「それは、当然だよ……」

「そうでもないよ。できない人もいっぱいいます」

　少し目を伏せて、ぽつりとつぶやく。

「そういうところ、むしろ好きだなって、思いましたよ」

　その瞬間、安堵と共に、目の奥に熱が込み上げてきて、急いでおしぼりに手を伸ばし、顔に押し当てた。

ぎょっとしたような声が聞こえる。

「泣かないでよ」

「泣いてません」

鼻をすすりながら、何食わぬ顔でおしぼりをテーブルに戻した。ぎりぎり嘘じゃない。なぜなら涙がこぼれる前に拭いたから。

「泣くほど不安だったの？」

「泣いてないってば」

だけど、泣きそうになるくらいには不安だったのだ。自分でも驚いているけれども。

はあ、と熱い息を吐いて、気持ちを落ち着ける。

「そろそろ出ようか」

「高戸さんとはまだそういう関係じゃないっていうのは、本当なんですよね？」

私は伝票を持って立ち上がった。

「〝まだ〟っていうのは、辻くんが言ってるだけだよ」

「用心深いなあ」

「なんでそんなに楽しそうなの？」

ふいと顔をそむけて、彼も席を立つ。そして聞こえるか聞こえないかの声で言った。

「いいことを聞いたからですよ」

彼は素直に私に会計を任せ、先に店を出ていった。

ひと足遅れて私が店をあとにしたとき、軒先に佇んで待っていた彼は、すっかりいつもどおりの様子で、「ごちそうさまです」とぺこりと頭を下げる。

あたりは変わらず、真昼の日差しと海辺の空気に満ちていた。

・

「ご尽力くださった監査部のおふたりに、乾杯！」

事業所長の陽気な声が響く。ビールの入ったグラスを掲げ、二十名ほどが唱和した。

私たちの慰労会と称して、宴会が開かれたのだ。居酒屋の座敷席に、海鮮づくしの料理がぎっしり並んでいる。

上座である壁側の中央に私と辻くんが座り、正面が事業所長さんだ。

「どうでした、今年のうちの出来は？」

「すばらしかったですよ、明日の報告会で、詳しくは述べさせていただきますが」

率直に結果を伝えると、事業所長さんが顔をほころばせる。

「そうですか！　ご迷惑をおかけしなくてよかった」

「それどころか、業務改善のケーススタディとして持ち帰らせていただきたいくらいです。こちらを見習わなくてはいけない部署が、全国に山ほどあります」

「そうですか、ぜひぜひ」

嬉しそうに何度もうなずき、まだ半分ほど残っている私のグラスにビールをついでくれる。次いで辻くんにもビール瓶を差し出し、注ぎながらまじまじと彼を見つめた。

「監査さんに、こんなお若い方もいらしたんですねえ」

辻くんがグラスを両手で持って、礼儀正しく挨拶をする。

「中途で入社したばかりなんです。今日はいろいろと勉強させていただきました、ありがとうございます」

「どうりで。今日は事務所の女性たちがにぎわってましたよ」

所長さんが視線を向けた先には、私服に着替えた女性たちが固まって座っている。そこから上がったきゃあっという黄色い声に、辻くんは困り顔で微笑み、ちょこんと会釈をした。それすら受けた。

小一時間ほど経ったころ、座敷はすっかり酔客《すいきゃく》の集団と化していた。私たちの存在はほぼ忘れられ、事業所の人たち同士がそこここに集って飲み交わしている。

それを眺めていた辻くんが、感心したように言った。

「すごい、宴会って感じですね」

「こういうの、なかった？」

「社内では……。商会とか町会なんかの集まりに呼ばれると、こんな雰囲気でしたね」

上着を脱ぎ、足も崩した辻くんは、飲むより食べるほうに注力していたせいか、酔いの気配は見えない。

「こうしてごちそうになってても、俺、この宴会の企画承認が正しく文書で残されてるかとか、費用計上は間違えずにできるかとか、そういうのが気になっちゃって」

「染まってきたね」

監査部の職業病だ。

そのとき、正面の席に、ふたりの女性がやってきて座った。

「ご一緒していいですか？」

「お疲れさまです、課長さん」

見た感じ、ふたりとも私と同世代だ。ビールを注いでもらいながら、「課長ではないです」と控えめに訂正する。金に近い髪色の女性が、「あれ？」と目を丸くした。

「そうなんですか？」

「監査部に、課というものはないので。ただのマネージャーです」

「でも管理職ですよね、それってすごいですよね？」

その問いかけは、私でなく辻くんに向けられていた。彼は一瞬きょとんとしつつ、すぐに微笑みを浮かべる。

「すごいと僕も思いますよ。社内でまだ二例目って聞きますし、苦労も多いんじゃないかなと。僕は残念ながら、想像するしかできないんですけど」

「へえ……えーと」

「あ、辻です。こちらは由岐マネージャー」

「辻さんは、由岐さんの部下なんですよね？」

「そうです」

「女性が上司って、どうですか？ 気を使っちゃわない？」

あまりに無邪気な発言に、当人である私のほうが怯《ひる》んでしまう。けれど辻くんはなんの感情も顔に出さず、さらっと答えた。

「いえ、全然。僕は今、すごく仕事しやすいです」

「そっかあ。由岐さんはおいくつですか？」

今度は私に向けての質問だ。

「今年三十です」

「あ、一緒です！ こっちの子はひとつ上」

彼女は一緒に移動してきた黒髪の女性を指さした。飾り気のない服装に、メイクも最低限という女性がけだるげに微笑んで会釈する。

「いつもは時短なんだけど、今日はこの飲みのために義両親に預けてきたんだよね」

「義親は快諾してくれたのに、なんでか旦那にいやな顔されちゃったわ」

「すみません、そこまでして会を開いていただいて」

ふたりが私に、「いいのいいの」と同じ仕草で手を振る。

「こんなときでもないと、家事育児から解放されないんだから。由岐さんは独身？」

「はい」

「いいなあ、自由だ」

「そうじゃなきゃ管理職なんて大変そうな仕事、やってられなそうだものね。責任重大すぎて怖いとか思いません？」

私は、思います、と正直に答えた。

「でも、周りに助けてもらって、なんとかやってます」

「すごいなあ、絶対真似できない」

「ほんとすごい。私は、しょぼくても旦那と子どもの面倒見る人生選ぶわ」

次第に彼女らは、普段の仕事や身内の話題に移っていった。気安い同僚同士の会話を、私と辻くんはお酒を飲みながら聞いていた。

二時間半きっかりで宴会はお開きとなった。

ぞろぞろとお店を出る中、代行サービスの台数とか、車通勤の地域らしい会話が聞こえてくる。先ほどの女性ふたりが、辻くんに声をかけた。

「次のお店も予約してあるんです。半数はそっちに流れるから、行きましょうよ」

「課長さんも、ぜひ」

私は課長さんに戻ってしまったみたいだ。さてどうしよう。辻くんの顔を売るにはいい機会だけれど、私はたぶん、あまりお呼びでない。ここは別行動で……と考えていたら、辻くんがきっぱりと首を振った。

「いえ、僕らはここで失礼します」

「えーっ、辻さんだけでも」

「明日の報告書を作らないといけないので。今日はありがとうございました」

彼は全員に向かってお辞儀すると、私を押しやるようにして集団の中心から抜けた。

宿泊するホテルには、慰労会の前にチェックインしてある。三ブロックほど歩けば着く。繁華街を抜け、喧騒が後方へ消えても、辻くんは歩調をゆるめず、難しい顔で黙ったままだった。

「ねえ、どうしたの」

私は声をかけた。

「報告書なら、ほとんど終わってるじゃない。行ってよかったんだよ?」

なにか答えて、という気持ちで、彼の腕に手を置いたときだった。

短い口笛のような音がした。すぐ先の、路地への入り口に、男の人が立っている。くたびれたワイシャツにサイズの合っていないスラックスという、職業不詳の風体だ。このあたりは路地を一本入れば歓楽街が広がっているらしく、男性の背後にも、わかりやすいピンクや紫のネオンがぎらついていた。

男性が私を見てにやっと笑い、からかうように指で招く。

こういうのは無視に限る。再び足を踏み出したとき、鼻先を白いワイシャツがかすめていった。あれっ、隣に辻くんがいない、と気づいたときには、もみ合いの不穏な音が聞こえてきた。

「ちょっ……辻くん!」

相手の男性は、酔っていることもあり、威勢はいいものの明らかに劣勢で、辻くんに喉元を締め上げられ、がくがくと揺さぶられている。

何事か叫びながら振り回した手が辻くんの顔を打ち、それに腹を立てたのか、辻くんが小気味いいほどの一発を見舞うと、向こうの身体が路地に吹っ飛んだ。

その隙に、私は辻くんに飛びついて腕を掴んだ。

「なにしてるの！」

「だって、あいつ……」

「いいから、行くよ！」

落ちていた上着も拾い、全速力で目抜き通りを走る。

バカバカ、出張中に暴力沙汰なんて、下手したら処分ものだよ！

さいわい男が追ってくる気配はない。ホテルの立派な外観が見えてきたところで、ようやくほっとして足を止めることができた。

掴んでいた腕を強く握り直す。

「辻くん！」

危ないよ。それに、私たちは仕事で来ているの。相手にも非があったとはいえ、最初に暴力をふるったのは辻くんのほうだ。もしそれを会社に報告でもされたら、辻くんの仕事人生が——……。

言いたいことが渦巻いていたのに、彼の顔を見たらどこかへ行ってしまった。

まるで今にも泣きそうに見えたからだ。目の周りを赤くして、ぐっとなにかをこらえるように唇を噛んでいる。

私はうろたえた。

「え……、ど、どうしたの、酔っぱらっちゃった？」

「酔っぱらってないです」

「辻くん、お酒弱いの？」

「酔っぱらってないですって！」

張り詰めた声を上げ、私の手を振りほどいて、目元を指で拭う。

「じゃあ、どうしたの……」

「ユキさんこそ、なんでそんな平然としてるの⁉」

「えっ、私？」

ぽかんとする私を、濡れた目がにらんだ。

「俺、許せない、女の人ってだけで、あんな扱いされるの」

「いや、怪しげな人なんて、会社のあたりにもごろごろいるし……」

「飲み会のときの話！」

「飲み会？」

ああ……。

私はようやく、辻くんがなにを怒っているのかわかった。

「彼女たちも悪気があったわけじゃないんだよ」

「悪気の問題じゃないよ！　ユキさんのこと、すごいすごいって尊敬してるふりして、仲間外れにしてた。異物を見るような目を向けてさ」

「それは……なんていうのかな、自分と違う性質の人間に合ったときに働く、防衛本能みたいなもので、自分の世界に入ってこないでねっていう」

「なんなの、ユキさん、なんでそんな達観してるの？」

達観と言われても……。

「もっと怒っていいよ、悔しがっていいし、泣いてもいいよ。同じ世代の女の人すら、あんなふうに味方じゃなくて、そんなのひどすぎるよ」

「同性のほうが、見る目が厳しいんだよ。総合職ってだけで敬遠されることも多いし。古い世界だから」

「ユキさん、いったいどれだけたくさんのものと、普段から戦ってるんだよ……」

震える声を抑えきれていない。だけど泣きそうで泣かない男らしさはいじらしいほどで、私は胸が温まるのを感じた。

「ありがと」

「お礼を言ってほしいわけじゃないです」

「ひとりでも味方してくれる人がいればね、けっこう大丈夫なものなんだよ」

感情を高ぶらせ、熱い息を吐いている辻くんを、見上げて笑った。

「こんなふうにね」

彼はきゅっと唇を噛んで、涙声ながらもまじめな口調になる。

「ユキさん、がんばってね。無理はしなくていいけど、がんばりたいって思うなら、がんばって」

「うん」

「俺、絶対……」

その先は、言葉が詰まってしまったようで、聞けなかった。辻くんはうつむいて、また手で目元を拭う。

うん、ありがとう。がんばりたいから、がんばるよ。

私は彼の腕を軽く叩いた。

「さ、行こう。疲れたし、今日は寝ないと。その前にコンビニね」

「夜食でも買います？」

「辻くんのマスクを買うの。明日には内出血になってると思うよ」

辻くんが、はっと口元に手をやった。明日は報告会がある。怪我をした顔で出席したら、何事かと思われてしまう。

「あーあ……」

彼がしょげた声を出した。

「久々に人殴っちゃった……」

「案外血の気多いんだね」

「そんなことないですよ、なんか最近、気持ちがぐちゃぐちゃしがちなだけで……」

うう、と呻《うめ》きながら顔を手で覆い、天を仰ぐ。

「あんなふうに二次会を断って、失礼じゃなかったですかね……？」

「全然問題なかったと思うよ」

「すみません……」

「気にしなくていいから」

背中を叩いてなぐさめた。

「若いと書いて、アンコントローラブルと読むのよ」

「うまいこと言ってるようで、けっこうそのままですよね」

「うるさいな！」

やっと聞けた、明るい笑い声が路地に響いた。

＊＊＊

「頼もしい味方ができたんだな」

模擬監査の資料を眺めながら、高戸さんが言った。

「私こそ、彼を守らないといけない立場なのにね」

私たちは、会社の各階の片隅にある打ち合わせスペースで向かい合っている。

忙しいだろうに、呼べば必ずどうにか時間を割《さ》いてくれる。時間がない、あとにしろと口癖のように言う人たちより、こなしている仕事はよっぽど多いはずだ。

「上下関係は、人それぞれだから。由岐と辻くんなりの関係を作ればいいよ、守ってやるのは当然として。なあ、この監査項目、前回はなかったよな？」

「それ、ご説明しようと思って。機密情報の取扱いに関する項目なんですが……」

説明しながら、丁寧なメモをとる男らしい手を眺めた。聞き流しておいて、「あとで部下に問い合わせさせるよ」という人も多いのに。

内心でため息をついた。

もとからだれが見ても魅力的な人ではあったけれど、自分が今のポジションについてから、彼の仕事人としての偉大さが身をもってわかるようになってしまった。力強いリーダーシップと、実行力、統率力。それでいて人間的な温かみもあって、人のことをよく見ている。

憧れる。

「あっ、ユキさん」

声のしたほうに顔を向けると、半分だけパーテーションに囲われた席から、廊下の階段を上ってくる辻くんが見えた。

「見てください、促進の業務マニュアル、ようやく見つけました」

「すごい、よかったね」

「かなり細かく作ってあるのに、だれも管理してなかったらしくて。これを使えば、相当整理できると思うんですよね」

嬉しそうに、小脇に抱えたバインダーを見せてくる。近寄ったところで、パーテーションで隠れていた高戸さんに気づいたらしく、「あ」とつぶやいて足を止めた。

「やあ」

「……こんにちは」

その顔には、憧れのナンバーエイトに遭遇した喜び七割、ほめられないことをしている男への警戒三割、くらいの揺らぎが見える。

鋭い高戸さんは、辻くんの態度が以前と違うことに、すぐ気づいたようだった。どうしたんだ、と言いたげに、軽く眉を上げて私を見る。

辻くんからも、まだ言ってないの、という無言の非難を向けられ、私は挟まれた。

「ユキさん」

「由岐?」

「あの……」

え……ここで言うの……。

だけど高戸さんからしてみれば、知らないところで評価を下げられているわけで、言わないのもフェアじゃない。私は周りに人がいないのを確認し、休日のドライブを見られていた、ということを打ち明けた。

高戸さんはなにも言わず、目を見開く。たっぷり時間を取ってから、「へえ」と私の隣で仁王立ちしている辻くんを、愉快そうに見上げた。

「それで、ナイトさまがご立腹ってわけだ」

「茶化すようなことじゃないと思うんですよね」

「ごめん、そのとおりだな、悪い」

率直な謝罪を受け、いきり立った辻くんのほうが行き場をなくす。

「……俺、高戸さんのことはたぶん、すごく尊敬することになると思うんですけど、それはあくまで、ユキさんとのことに目をつぶって、ですから」

「ご配慮いたみいるよ」

「人の話をまじめに聞かないの、ふたりともそっくりですね！」

「かわいいな、これ」

あっさり釣られて爆発した辻くんを、高戸さんが遠慮なく笑った。人が悪い。

「ガキ扱いやめてくださいよ」

「とんでもない。手ごわいライバルが現れたなと思ってるよ」

「ライ……」

辻くんが、言葉を失って立ち尽くす。見上げた私と目が合うなり、かっと顔を赤くして、口ごもった。

「お……俺、戻ります」

「あ、そう……？」

「打ち合わせですよ、ユキさん」

腹立たしそうに言い捨てて、打ち合わせスペースを足早に出ていく。「すぐ行く」と答えたのは、届いただろうか。

視線を前に戻すと、今度は高戸さんと目が合った。微妙な沈黙が降りる。

「……あれって」

「言わないでください」

「お前のこと」

「言わないでってば」

「なんでだよ?」

「まだそういうこと、考えたくないんです」

他人事だと思っているのか、もしくは完全に勝った気でいるのか、高戸さんは「可能性くらい受け止めてあげろよ」と無責任なことを言う。

「この歳になって、こんなわかりやすい取り合いをするとはね」

「だから、やめてって。きっと違うから」

新しい環境で、一番近くにいるのが私という、ボロを出しやすい上司だったりして、彼の中で、正義感とか優しさとか素直さが一緒くたになって混乱しているだけだ。

時間を置けば、冷えてなくなるくらいのものだ。そうすれば、単なる私のうぬぼれでしたで済む。

「〝まだ〟考えたくない、か」

なのに高戸さんは、おもしろそうにそんな意地悪を言う。

「さっきも言ったけど、上司と部下の関係に、これっていう型なんかないんだぜ」

「私なりに、許せない型はあるんです」

「そういえば、甘え下手だったっけなあ」

この人、完全に楽しんでるな。

「また俺の隣、乗ってくれよ。誘うから」

「辻くんを通さないと無理かも」

反抗的に言った私に、彼は昔から私を安心させる、裏のない笑い声を立てて。

「じゃあ、通すよ」

誠実そうな、まっすぐな響きでそう言うものだから、私はますます困った。

いいですか

「穂香、久しぶり」

食堂にコーヒーを買いに行こうとしていたところ、廊下で呼び止められた。振り向くと、ちょっとだけ懐かしい顔がそこにあった。

「薫子《かおるこ》！」

「あー、穂香の顔を見たら、ようやく戻ってきた実感が」

光井《みつい》薫子は私の同期だ。社内の先輩社員と結婚をしており、一年前から産休に入っていた。以前は背中の中ほどまであった髪が、肩の上でばっさり切られている。

「食堂？　私も行く」

「ベビー、元気？」

「まん丸よ。ありがたいことに保育園も入れたし」

すらっとした長身は、出産前とまったく変わりない。少し痩せたかもしれない。

「広報部に復帰したの？」

「うん、でも社内報チームになっちゃった」

声には隠しきれない落胆の色がにじんでいる。

無理もない。薫子にその仕事は物足りないだろう。産休に入る前の彼女は、ネイティブな英語力を生かし、海外向けのPRを担当していた。展示会やフォーラムがあれば欧州でも米国でも飛んでいき、役員やゲストたちの通訳をこなす。まれにIRとして海外のアナリストの相手もする。代わりをできる人なんて何人もいない、スペシャリストだ。

「仕方ないんだけどね、もう出張も行けないし」

「社内報チームを軽く見るわけじゃないけど、薫子の能力がもったいないと思うよ」

「そう言ってくれるだけで救われるよ。まあ、人生の中で、仕事をペースダウンさせるフェーズなんでしょ、今は」

完全には納得しきっていないのが、声でわかる。この会社で、子供を産んでなお最前線の仕事を任されている女性は、ひとりも例がない。

並んで階段を上りながら、薫子の無念を思った。旦那さんも子供もいて、幸せなんだからいいじゃない、じゃないのだ。人には仕事でしか得られない達成感がある。それはほかのどんなものも、代わりにはならないのだ、きっと。

「穂香は昇進したんでしょ。壁ばっかりだと思うけど、がんばってよ。上が勝田部長でよかったね」

「それが、下も変わり種でね」

そんな話をしているうちに食堂に着いた。

そしてカフェコーナーのカウンターの前に、当の変わり種がいた。

カウンターに両腕を乗せて、片脚をぶらぶらさせてコーヒーの抽出を待っていた辻くんは、私に気づくと、「ユキさん」とにっこりした。

「なに、あのかわいいの」と薫子がぼそっとつぶやく。辻くんは辻くんで、薫子を見るなり、「どなたですか、きれいな方」とさらりと言って首をかしげた。

「広報部の光井です、穂香の同期」

「辻です、ユキさんの下で監査やってます」

「薫子は英語が堪能だから、英語の文献を正確に訳したいときは力を借りるといいよ」

「ということはIRか海外広報ですか？　かっこいい」

素直に称賛の目を向けた辻くんに、薫子はちょっと困ったように、「そうだったんだけど、産休明けなので、社内報チームに」と苦笑いする。

辻くんがきょとんとした。

「なんで産休明けだと、社内報チームなんですか？」

薫子から視線をもらって、私は端的に説明した。

「中途入社なの」

「なるほどね」

「前の会社は、夫婦が起ち上げて、奥さんのほうが社長で、旦那さんのほうが営業部長をしてたんだって」

「リベラルなわけだ。今後よろしくね」

差し出された手を、「こちらこそ」と辻くんが握る。

「実は今度、輝く女性特集ってことで、最前線を行く女性管理職、由岐穂香氏にインタビューさせてもらうことになってるの。辻くんからもコメントが欲しいな」

私は眉をひそめた。

「なにそれ、社内報の企画？」

「そう」

「薫子が担当なら、インタビューは受けるけど、そのバカらしいタイトルは変えてね。専業主婦だって一般職だって輝いてる人は輝いてるよ」

「私が考えた企画じゃないよーだ」

「とにかくその失礼なタイトルを変えて。じゃなきゃまじめに答えない」

「はいはい」

まったく、男性と同じことをするのを〝輝く〟として推奨する風潮はいただけない。

「僕もですか？」

「そう、部下から見た由岐マネージャーの魅力を、一発頼むよ」

「わかりました」

「ほかに、穂香を語る上で適任な人、いないかなあ？」

辻くんの目が、私に向けられた。薫子にはわからないくらいかすかに、その顔が楽しそうな表情に変わる。いやな予感がした。

「ユキさんが若手のころを知ってる人とか、どうですか」

「なるほどね、だれか心当たりある？」

「うーん、営業部とかですかね」

白々しく腕組みして、思案するふりをしている。その顔をつねってやりたい衝動に駆られ、歯噛みする私の肩を、薫子が思い出したようにぽんと叩いた。

「そうだ、一課の高戸課長って、あんた親しかったよね？」

辻くん、あとで話があるからね。

「……まあね」

「よし、打診してみよう。忙しそうだけど、受けてもらえるといいなあ。あとは勝田部長でしょ、それから私」

「包囲網だね」

「信者と言いなさいよ。応援してるんだから。そうと決まれば依頼メールを書いてこよう、じゃね！」

頼んだドリンクを受け取って、薫子はさっさと行ってしまった。にらみつける私の視線をそ知らぬふりで受け流し、辻くんは澄ましている。

「……覚えててよ」

「なにをです？」

彼は最近ずっと、こんな感じだ。

辻くんが高戸さんに宣戦布告めいたことをしてから、早くも半月が過ぎた。十月に入ったとたん季節は秋めいて、日が暮れたあとは冬の訪れすら感じさせる。

「ユキ、ちょっといいか」

自席に戻ったところで、勝田部長に呼ばれた。連れていかれた先は、監査部用の小さな会議室だ。

「なんでしょう」

「今月末で、辻の試用期間が終わるんだ。人事から、本採用にしますよって確認が一応来てる。異論はないよな？」

「まだ試用期間でしたっけ」

「そうなるよな」

俺もなった、と部長が正直に吐いた。

ここのところ、打ち合わせを辻くんに任せることも増えた。彼は絶対に知ったかぶりをせず、その場で自分が答えられなかったことは、素直に持ち帰ってくる。そして次に同じ質問を受けたときには、完璧に答えられるようになっている。

「もちろん、異論なしです。等級は？」

「彼の前職を考慮して、二等級のSSレンジでの採用となる」

あの年齢であれば、妥当より少し進んでいるくらいだ。彼ならこの先、ひょいひょいと上がっていくだろう。いや、自然現象のように言ってみたけれど、私が上げるのだ。彼の能力が常に、適正にポジションに反映されるように。

「来期になったらすぐ三等級に推薦したいですね」

「その前に本人が、いやになってやめたりしなけりゃな」

「楽しそうですよ」

「窮屈じゃないかなあ、こんな古い会社？」

辻くんのフラットな価値観に触れるうち、感銘を受ける反面、心配にもなってきたらしい。私は笑い、大丈夫だと思うと伝えた。

「いずれにせよ、いきなり辞めたりするような人じゃありません。いやになったときには、相談してくれるでしょう」

太鼓判を押すと、部長がなにやら、にやにやしてこちらを見ている。

「なんですか」

「お前もマネージャーらしくなったなと思って」

「部長に比べたらまだまだです」

「嫌味か、それは」

勝田部長は、お堅い社員の多いこの会社では、異質といえる軽やかなフットワークと大胆な発想を持っている人で、知る人ぞ知る腕利きだ。監査部署の必要性に会社が気づいたとき、上層部が彼を責任者にと抜擢《ばってき》した。

当時彼は経営企画部にいた。各部署の予算を取りまとめるのも業務のひとつで、部内の予算担当をしていた私は、そのころから彼を知っていた。食堂や廊下で会えば気さくに声をかけてくれ、飲み会に呼んでくれることもあった。そして、監査部の前身である監査室が設置されたとき、私を呼んでくれたのだ。

『すべての部署に対し、お前らのやってることはザルだと教えてやるのが仕事だ。図太く、かつ繊細な奴が欲しい』

『どっちですか』

『だから、どっちもだ』

そうですか、とあきれながらも、この人の下でやってみたいと思った。私は連れていってほしいと頼んだ。

部長が、話は終わりというように机に手をついて、腰を上げる。

「辻と仲よくやってるようで、よかったよ。未知数すぎて、お前の下につけるのが正解か、わからなかったんだ」

「めきめき成長してくれてますよ」

「まあ、それは別に上司がお前じゃなくても、したと思うが」

ひと言多いんだよな。

ですよね、と私は従順に答え、辻くんのいるデスクに戻った。

帰りがけ、エレベーターで高戸さんと一緒になった。

「ああ、光井さんからのだろ、来た来た」

薫子の奴、無駄に仕事が早くていやになる。

「質問項目とか、聞きました？」

「聞いたけど、由岐には教えるなと書いてあった。だから教えない」

なんて周到な！

エレベーターの中には私たちしかいない。一階に向かう箱の中で、高戸さんはゆったりと壁に寄りかかって、私を見下ろした。

「そもそも、どうして俺に白羽の矢が立ったんだ？」

「辻くんがそそのかしたの。彼自身も依頼を受けてる」

「なるほど」

心得顔でうなずき、にやっとする。

「俺たちは由岐について、どっちが語れるか競うわけだ」

「高戸さんて、辻くん絡みのときだけですよね、そういうこと言うの？」

たまらず噛みついた。彼はこれまで、会社ではおろかふたりのときでさえ、私との関係を揶揄《やゆ》したり、思わせぶりに表現したりはしなかった。

まったく、辻くんが現れてからだ。

「油断が出てるんじゃないですか」

「俺が？　逆だろ」

「逆？　辻くんがってこと？」

彼は「違う」と首を振る。

「油断なんかしてないって意味だ」

「じゃあ、なに？」

眉根を寄せた私をちらっと見て、目をそらす。

「めちゃくちゃ危機感を抱いてるよ」

そう言って、一階に到着するまで、頭上の階数表示を見上げていた。

エレベーターから下りて、並んでビルを出るとき、ふと思い立って誘った。

「飲んでいきません？」

高戸さんは腕時計に目をやってから、了解したようにうなずく。けれどその直後に
「ん」と胸ポケットに手を当てた。会社支給の携帯電話が点滅している。

彼は私に目で断りを入れて、通話に出た。

「どうした？」

じっと耳を傾けている表情が、次第に険しくなっていく。おそらくトラブルかアク

シデントの連絡に違いない。

「わかった、その件、俺が引き取る」

「どうしました？」

「まあ、よくある工場と卸先の板挟みだ。言った言わないの泥沼になりそうだから、早めに収集つけないと」

携帯を胸ポケットに戻しながら、小さく息をつく。

「悪い、俺、戻るな」

「お疲れさま」

きびすを返し、再びビル内へと戻ろうとする彼の目の前で、エントランスの自動ドアが開いた。出てきた人影が、私たちを見てはっと足を止める。

辻くんだ。

「あ……お疲れさまです」

彼の視線が、私と高戸さんの間を行ったり来たりした。歩道の上で、私たち三人に、一瞬沈黙が降りる。

最初に動いたのは高戸さんだった。「ちょうどよかった」と私に親指を向ける。

「辻くん、時間ある？　由岐と飲んでやってよ。俺がつきあう約束してたんだけど、見てのとおり、ダメになったところで」

約束なんかしてないじゃない！

案の定、辻くんは不満のような非難のような、そんな感じの目つきで私を見る。

してないよ、約束なんか。って、どうして辻くんに言い訳しなきゃいけないの。

彼の肩を、高戸さんがすれ違いざま、ぽんと叩いた。

「頼める？」

「はい」

え！

ぽんぽん、とまた肩を叩いて、高戸さんはビルの中に消えた。私と辻くんは、顔を見合わせたまま言葉もなく立ち尽くす。

辻くんとふたりで飲んだことなんてない。部署の何人かで飲むことはあるし、部長と三人で飲んだこともある。でもふたりきりはない。

さすがにランチとはわけが違うし、それに、今はタイミングも悪い。

前述したとおり、最近の辻くんは、なんだか変なのだ。素直で明るいところは変わらないものの、必要以上にはしゃべらないし、時おり、目が合ってははっと気まずそうに視線を泳がすような、そんなことも多くなった。

そんな状態で、飲みとか……。

「……あの」

辻くんがためらいがちに口を開いた。

「ああは言ったんですけど、すみません、俺、行けません」

「いいよ、全然、そんな」

「今度、ぜひ」

彼らしくもない社交辞令だ。自覚があるんだろう、気まずそうに微笑んで、言葉を探すように少しの間、なにか言おうとしてはやめてをくり返す。

やがて彼は、「じゃあ、お疲れさまです」と言い残して、足早に駅のほうへ消えた。


上司としてじっくり話をしたほうがいいんだろうか。

夜、洗面所の鏡をのぞき込みながら考えた。だけど、仕事に支障が出ているわけでもないのに、大げさすぎる気がする。辻くんのことだ、彼が話したくて、私が聞くべきことなら、時期が来たら自分から打ち明けてくれるだろう。

上からのライトは老けて見えるな、と洗顔前にじっくり顔を観察していると、部屋のほうから振動音がする。行ってみると、画面には辻くんの名前があった。

『遅くにすみません、俺、明日直行で外出なんですけど』

「知ってるよ、同行できなくてごめんね、なにかあれば連絡して」

『それが、持っていく予定の荷物に、違うファイルが入ってて。ユキさん、こっちのファイルを持って帰ってたりしません？』

あっ、と思った。

明日、辻くんは、都内の事業所に業務監査と会計監査の説明に行く。私は別件で日帰りの出張予定だ。双方、出社はせず現場に直行するため、今日は必要書類を家に持ち帰ったのだ。会社のロゴの入った、同じ袋に入れて。

ベッドの脇に置いておいた袋を急いでのぞいた。彼の言うとおり、入れ違っていた。

「ごめん、どうしよう。明日早いよね？」

『俺、取りに行きます。ていうかもう、近くまで来てて』

「え、うちの？」

『そうです。それとけっこう雨がひどいので、申し訳ないんですが、袋にビニールかなにか、かけてもらってもいいですか』

「了解、すぐやる」

『あ、でもその前に、ちょっとお聞きしたいところがあって……』

「とりあえず、車を置いたら上がってきてもらえる？　四〇四号室」

なぜか辻くんは、すぐに返事をしなかった。やがて『ノット・ファウンドですね』とだけ言って、通話を切る。

なんのことだろう、と首をひねるうち、ふとＰＣが目に入って合点がいった。ウェブページが見つからないときのエラーコードだ。〝404 Not found〟という、あれだ。

おもしろい発想をするなあ。

……と、のんきに笑っていたのもつかの間、数分後にやってきた辻くんは、全身から水を滴らせていた。

「びしょ濡れじゃない！」

「家を出たときは、降ってなかったんですけど……」

「言ってくれれば、駐車場まで行ったのに」

「こんな時間に、ユキさんが外に出たら危ないよ」

「これ、使って。早く上がって」

バスタオルを渡して、部屋へと促した。彼は着慣れていそうなＴシャツにパーカー、色褪《あ》せたデニムというくだけた格好だ。日付もとっくに変わって、一時近い。彼も自宅でくつろいでいたところなんだろう。

「すみません、ほんと」

「ううん、私が取り違えたのかも、ごめん」

「あの、聞きたいのがですね、経理が会計監査、うちは業務監査って別にやるじゃないですか、そのときの証憑《しょうひょう》の種類のことで……」

「あ、そこどうぞ、座って」

ソファの前のローテーブルを指すと、彼が「すみません」と遠慮がちにラグの上に座った。交換した荷物を確認し、中のバインダーを開いている。

私はコーヒーをふたつのカップに注ぎ、隣に座った。

「証憑がなに？」

「この方法、受け部署的には相当負担なんですよ、なんとかできないかなと思って」

「経理と相談だね。向こうに関係のない証憑が添付されることになるから、それでもいいかどうか」

「俺から聞いてもいいですか？」

「いいよ、明日一緒に行く人、だれ？」

「桜井《さくらい》さんです」

「なら、その場で相談しちゃって大丈夫」

ほかにも何点か質問を受け、確認し終わるころには、彼の髪もほぼ乾いていた。

辻くんが、ふうっと息をついて、テーブルのコーヒーに手を伸ばす。

「あの、これ、いただいていいですか」

「いいよ、もちろん」

冷めきっているだろうに、おいしそうにごくごくと飲む姿は、ようやく緊張が解けて、リラックスしているように見える。

トントン、と彼が自分のおでこを指で叩いた。

「珍しいですね、おでこ、そうやってるの」

「え？ ああ、帰るとね、すぐこうしちゃうの。顔に髪がかかってるのがいやで」

「なんか、すごい元気な感じになりますね」

今の私は、前髪も含めて髪を全部アップにし、頭頂部でおだんごにして、漏れる分をヘアバンドで押さえている。普段は下ろすか下のほうでひとつに結うかなのだけれど、家に帰ったら部屋着に着替えて速攻でこれだ。

辻くんはようやく余裕ができたようで、ラグにあぐらをかき、きょろきょろ室内を見回している。匂いが気になるのか、時々、くんと鼻を動かしているのが、はじめての家に連れてこられた犬みたいでかわいらしい。

「本棚、ちょっと見てもいいですか」

「どうぞ」

ソファの横には、実学系の本を並べてある小さなブックシェルフが置いてある。辻くんはその前まで膝で這っていくと、しげしげと眺め、一冊を取り出した。

「俺、この人の別の本読みました」

「マネジメントの本？」

「です、入社してけっこうすぐに、後輩ができたんで」

「仕事熱心だね」

私はマネージャーへの昇進試験を受けるという段になって、はじめてその手の本を探しはじめた。ヒラのうちにこの知識があれば、上司がなにを考えてこちらをマネジメントしているのか、わかった上で指示を聞けたのにと後悔しきりだ。

「仕事熱心ですよ」

「コーヒー、もう一杯飲む？」

彼がぱっと本から顔を上げ、にこっと笑う。

「いただきます」

「いつも何時に寝てる？」

「俺、けっこう宵っ張りで。二時前に寝ることはないです」

「意外だね」

日付が変わる前には眠くなってしまいそうな健康優良児に見えるのに、夜型とは。

「この本、お借りしてもいいですか？」

「もちろん」

「ほかの本ももう少し見せてもらって、いいですか？」

私はつい吹き出した。

「なにしてもいいよ、好きにして」

言われて、自分が〝いいですか〟を連呼していたことに気づいたらしい。辻くんが困ったように微笑む。

「さすがに上司の部屋で、好きにするのは無理ですよ」

「聞かれたところで、全部承認するだけだし」

「それは、ダメな上司です」

いやいや、とまじめな辻くんに手を振ってみせる。

「辻くんだからだよ」

その瞬間、辻くんの目がふと笑みを消した。膝の上で、両手で本を持って、じっと私を見つめてくる。

「じゃあ」と彼が言ったとき、その手がくっとわずかに握りしめられるのを見た。そこに視線を奪われた隙に、続きが聞こえた。

「好きになってもいいですか」

はっとして、彼の顔を見た。彼は表情をこわばらせ、唇をぎゅっと引き結んで、気の迷いや勢いで口にしたのではないことを、伝えているように見えた。

ふっとそれがほどけたかと思うと、彼が自嘲するように目を伏せる。

「なんて」

手が、今度こそ強く握りしめられた。

「もう、なってますけど」

静かな声だった。

＊＊＊

頭上で段ボールの破ける音がした次の瞬間、ものすごい質量が私の額を直撃した。

「痛あっ！」

目の前に星が飛ぶのって、本当なんだなと思いながらうずくまる。ちかちかして目が見えない。分厚いバインダーが、どさどさと周囲に落ちてくるのを感じた。

「ユキさん！」

隣のキャビネットを見ていた辻くんが、慌てて寄ってきた。

「大丈夫？」

「思ったより重かった……」

痛いというより熱いのとショックなのとで、涙が出てくる。ようやく晴れてきた視界に、心配そうにのぞき込む顔があり、目が合うと、それがふっと笑った。

「バカだなあー」

「ひどい」

「高いところは俺に任せなよ」

ぽんと私の頭を叩いて、残りの書類箱を下ろしてくれる。まくったワイシャツの袖から筋張った腕が見えて、やっぱり男なんだなと感じる。

気休め程度の窓しかない、小さな書類保管庫。そこかしこに積もった塵《ちり》は、何年も動いていないに違いない。彼らの眠りを妨げるみたいに、片っ端から書類箱を開けては中身を記録し、箱の正しい保管先を割り振る作業を朝からしていたところだ。

「あとは総務に確認だね」

「すごいなあ、俺が生まれる前の書類とかある」

「絶対こんなふうに放置しちゃダメな内容だよね、これ」

最近、さまざまな法律にもとづき、各種書類の保管期限を細かく決めている。しかし、書いたときのデータがあるからいいや、と出力を破棄してしまう人が多い。承認印や検品印が押されている出力こそ保管しておかないと意味がないのにだ。

というわけで各部門と協力してルールを作るうち、だれかがはっと気づいた。

むしろ、もう破棄しなければいけない書類が山ほどあるのでは?

そこでこの保管庫に、私と辻くんでやってきたのだ。

「二十年くらい前にオフィスも引っ越してるはずなのになあ。とりあえずそのまま持ってきたんだろうね」

家の大掃除よろしく、ついつい手を止めて中身を見るのに夢中になってしまう。

「手書きで二千万円の企画とか提案してるの、すごいですね」

「部長の新人時代は、まだタイプ室があったらしいよ」

「タイプ室ってなんですか?」

「社員の手書きの下書きを、タイピストが清書して、正式書類にしてくれるっていう……聞いたことない？」

「母親が、そういえばそういう仕事してたって言ってたかも」

「……お母さま、おいくつ？」

ぱりぱりに乾いて変色した書類をめくっていた辻くんが、形のいい眉をひそめた。

「五十二……か三、かな？」

「それ、部長に言わないであげてね」

結婚がゆっくりだった彼は、子供も幼い。まだまだ若くいたいし、若いと思っているのだ。有能な部下の親と同世代と知らされたら、そこそこショックを受けるだろう。

「そろそろ進捗報告会だ、ざっと片づけて行こう」

「はい」

細かい指示を出す前に、辻くんは確認済みの箱と未整理のものをさっと別の場所に分けて、人が入れる場所を確保する。最初に持ったのがこんな気の利く部下で、私はこれから苦労するんじゃないだろうか。

「鍵、私が持っておくよ」

「お願いします」

重い金属製の扉を施錠した辻くんが、番号が書かれた鍵を差し出す。受け取ったとき、指先に痛みが走った。

「さっきので爪が折れた……」

「え、見せて」

最後にネイルしてから三週間以上たっている。伸びた右手の中指の爪が、肉との境目でばっきり折れていた。痛いし見た目も無残だし、よく使う指なので悲しい。

「ユキさん、いつも爪きれいだよね」

「すっぴんと生爪、どっちか晒《さら》せって言われたら、すっぴんのほうがまだいいかも」

「そんなもんなの！」

なまじ自分から見えるだけに、なにも加工されていない爪というのは、無防備すぎて不安になる。そもそもこの数年というもの、手に関しては、サロンでジェルオフしてもらうとき以外、自分の素の爪を見ていない。

「女の人は、強くなるためにきれいにするんだね」

辻くんがしみじみ言った。

そうかもしれない。でも、その事実がそんなふうにシンプルに、優しい言葉で表されるのを、はじめて聞いた気がする。

「だから、やりすぎると男が引いちゃうんだ」

うんうんと自分の言葉にうなずいている。

企画書やメールを書かせればわかる。彼はあまり語彙を尽くして語るタイプではない。わかりやすい易しい言葉で、物事を簡単に伝える。彼の世界では、不衛生とか気持ち悪いと不評を買いやすいネイルも、そんなふうに受け止めてもらえるのだ。

廊下を歩く間、痛々しい指が気になって眺めていたら、彼がこちらに手を伸ばし、私の右手をきゅっと握った。

焦って振り払った私に、悪びれもせずにやっと笑いかける。

吹っ切れた若人は、ついにためらいを捨てたらしい。

――あの夜のことは、もう二週間前の過去。

重苦しい沈黙のあと、辻くんはぽつりと言ったのだった。

『最近、ずっとそのこと考えてて』

『それで様子が変だったのかな』

『変でした？』

自覚はなかったらしく、目を丸くする。

胸につかえていたことを吐き出したせいか、その様子には以前のような、あけっぴろげでわかりやすい素直さが戻っていた。

『あ、補足しますと、ユキさんを上司として見てないとか、そういうんじゃないです。ほんとに尊敬してます。でも女性としても見てます』

拍子抜けするほど率直に、彼はそう教えてくれた。そして私がどう答えるべきか迷っている間に、すっきりした顔で『帰りますね』と微笑み、言葉のとおり、すたすた帰っていった。

自意識過剰なのを承知で、こういう事態を想像したこともあった。

結局私は、マネージャーではなくひとりの女としてしか、彼の中に存在できなかったということだ。想像の中では、そんな自分への失望と、仕事がやりづらくなるに違いないという、なんともいえない残念さに襲われた。

だけど実際、目の前で言われてみると、ただただ辻くんのまっすぐさに打たれた。

彼がかつて言ったとおり、仕事人としての私を軽んじていないことは疑いの余地もなかったし、好きだという気持ちも本物だと伝わってきた。

辻くんの口調はいつもどおり、率直で控えめだった。だけど私の心は、激しく叩かれ、ここを開けろと要求されているのを感じていた。

「ユキさん、今夜あいてます？　飲んで帰りましょうよ」

エレベーターの前で、彼が言った。

「えっ、ふたりで？」

「高戸さんとは飲めて、俺とは飲めないの？」

「そういう言いかたやめなさい」

「じゃあ部長に相談するね、上司が職場外でのコミュニケーションを拒否しますって」

「あのね！」

いたずらっ子みたいに、くすくすと笑っている。

私は平静を装っていたものの、内心では、どうしようこれ、と本気で途方に暮れていた。彼もきっと見抜いているだろう。見抜きながらも私を困らせようとする。

そして本当に困ったことに、この出来のいい子は、勝手に気持ちをぶちまけて身軽になっておいて、臆面もなくそれを武器として使い、結果、仕事もまったくやりづらくなっていない。

こんなことがあるのか、と私は呆然とするばかりだ。


「いろいろ大変だな、女マネージャーさん」

「からかいたいだけならお帰りいただけます？」

その日の昼休み、会社近くの食堂で食べていたら、営業部の集団が入ってきた。

さすが男性の集団は、十分もたたないうちに平らげ、店の回転に貢献すべくさっさと席を立つ。その中のひとりが、私の正面の席に移ってきた。

「俺、こいつとしゃべってくから」

高戸さんは平然と、そう言って連れたちに手を振る。営業部の面々は慣れたもので、「お、ユキちゃん」「今度俺とも飲んでよ」と口々に言って出ていった。

椅子に斜めに腰かけて、狭いテーブルに気安く片肘を置く。いかにも親しげなその格好で、彼は上着の胸元に指を入れ、ワイシャツのポケットから煙草を出した。

「例の坊やは、正式にライバルになったみたいだな？」

「どこでそんな会話してるの？」

「うち、今追試中だからさ」

「そっか」

営業部の模擬監査で、ちょっとした不備が見つかった。そういう場合は、サンプルの抽出方法を変えて再度監査を行う。その不備がただの偶然なのか、一定の率で発生しているものなのかを確かめるためだ。今、営業部は辻くんが担当している。

「仕事中に変な話をするなと伝えておきます」

「上司は教師と違うんだぜ。ケチなことで叱るなよ」

「じゃあ高戸さんが止めてくださいよ！」

「だって聞きたいもんな、そのへん」

他人事だと思って。いや、他人事とは思っていないから聞きたいのか。


濃い煙が、もとから頭上にたちこめていた煙にまざった。口元を手で覆うようにして深々と吸う姿は、根っからのスモーカーであるのを示していて、健康のために減らしたら、なんて薄っぺらいことを言う気も起こらない。

彼が、ふっと脇に煙を吐いた。


「この間は結局、飲まなかったんだって？」

「そう。その代わり今日飲むことになりました」

「はじめて？」

「ふたりっていうのはね」

「犬っころが狼になるかな？」

「それがね、最近彼は、普段からちょこちょこ出してくるんです」

「なにを」

「爪とか」

「それを言うなら牙《きば》だろ。爪を出し入れできたら、猫だ」

「話を戻していい？」

つまらない突っ込みに食ってかかった私に、高戸さんが苦笑する。

「俺に聞いてほしいんだな、お前」

「おかしいですか？」

「いや、別に」

彼はちょっと目を伏せて口をつぐみ、それからこちらを見た。

「週末、あいてるか？」

「土曜なら。日曜は夜から前泊で出張なんです」

「前に話してた、友達の店がオープンしたんだ。行かないか」

「湘南《しょうなん》の？」

以前聞いたところでは、サーファーのサーファーによるサーファーのための店、ということだった。それもちゃらちゃらしたファッションサーファーじゃなく、波と生きることを決めた、みたいな本物の波乗り屋のことだ。

「カリフォルニアから直輸入のセレクトショップも併設だってさ」

「気になる！」

「だろ、由岐を連れていったほうが向こうも喜ぶ」

「高戸さんてそういうの、興味ないものね。なにを着ていこう」

夏にあまり着る機会のなかったマキシワンピを、秋らしくコーデしようか。

「好きなだけ考えてくれ。じゃあな」

高戸さんは満足そうに笑い、テーブルの上の伝票を取って立ち去った。

「俺はもっと雰囲気のある……」

「いいの、ここで」

「夜景とか……」

「いいの！」

辻くんの意見を無視して決めた、地下街の焼き鳥屋がご不満なようで、口をとがらせてぶつぶつ言っている。

仕事帰りのサラリーマンで埋まった煙たい店内は、鶏の脂とコショウとタレの、食欲をそそる匂いに満ちている。ムードが、とか文句を垂れながらも、辻くんは最初から「鶏串十種盛り三本ずつ」とヘビーな注文をした。

二人掛けの席は、三方を仕切りで囲まれ、狭いながらも半個室のような気楽さがある。すぐにビールが運ばれてきて、私たちは乾杯した。

「ユキさんて、結局俺をバカにしてるよね。ムーディな店に行ったら、俺がユキさんの気持ち無視して、ひとりで盛り上がっちゃうとでも思ってるんでしょ」

ぎくっとした。

「別に、そんなことないけど……」

「予防線を張るのは、いざそうなったとき、流されない自信がないからだよね？」

「思い上がりすぎじゃない？」

「ユキさんが思い上がらせてるんだよ」

もうなにも言うまいと、口をつぐんだ。そんな私を、辻くんは楽しそうに眺める。

ふたりきりの飲みは、どんな雰囲気になるんだろうと疑問だった。どうやらこんな雰囲気らしい。どうしろというのか、もう。

次々に料理が運ばれてきて、小さなテーブルはすぐにいっぱいになった。辻くんは見ているこちらが満腹になるくらい、いいペースでいくらでも食べる。

「辻くん、兄弟いる？」

「妹がひとり」

「お兄ちゃんなんだ！」

つい驚いてしまい、じろっともの言いたげな視線をもらった。

「ユキさんから見たらガキっぽいかもですが、同学年の中では、けっこうしっかりしてるほうなんですけどね、これでも」

「わかってるよ、スタンドオフだもんね……」

「ユキさんは？」

「兄がふたり」

「姫だったでしょ」

「うん」

親にとっても待望の娘だったので、蝶よ花よで育てられた。親バカと兄バカを一身に受けたせいか、羽目を外すこともない優等生として思春期を送った。

「遅咲きの子は、火遊びしちゃうのかな」

「言われるほど遅咲きじゃありませんでした。生意気言うな」

「最後に恋愛したの、いつ？」

テーブルに両肘をついて聞いてくる。今、私が高戸さんに抱いているのは恋愛感情じゃないと、わざと匂わせているのが、腹立たしい。

「……二十七のとき」

「だれと？　なんで終わっちゃったの？」

「同窓会で再会した、高校の同級生。向こうは地元に就職してて、最初から遠距離で、二年半くらいつきあった」

「結婚しようって言われなかったの」

「そういうはっきりした言葉はなかったんだけど、二十七になったあたりで、戻ってきて一緒に暮らそうよって言われて」

だけど私の地元は関東の片隅だ。戻ったらすなわち、職もキャリアも、全部捨てることになる。彼との将来を、一度も想像しなかったわけではない。だけどいざ誘われると、私にはその道を歩む選択肢はなかった。

「仕事を取ったとかじゃなくてね。〝ないな〟って、ただそれだけ思ったの。正直に言ったら、じゃあもう無理だねって」

今思えば、あれを恋愛と言っていいものか。

「ふうん……」

聞いたくせして、辻くんはコメントするでもなく、黙々と枝豆を食べている。

「あの……」

「高戸さんとは、どういう店に行くの」

辻くんの話を聞こうとしたのに、巧みに遮られた。今日はあくまで、こういう路線で進む気らしい。

「……別に、いろいろ」

「いろいろじゃわからないよ」

「こういうところにも行くし、フォークとナイフを使うようなところにも行くし、ほんと、いろいろ」

「ふうん」

また〝ふうん〟だ。

上着を脱いで、白いワイシャツ姿になっている辻くんは、数年前まで伸び盛りでした、みたいな伸びやかな身体のラインがはっきり見える。

そっちこそ、どんな恋愛をしてきたの。

知りたくはあるけれど、聞いてしまったら向こうの思うつぼな気がして聞けない。

おなかが満たされてきたのか、辻くんが食べる手を止めて、背もたれに寄りかかった。細いウエストと、薄い身体。貧弱ではないけれど、若い体型だなあと感じる。

「今度、俺ともデートしてください」

どんな反応をすべきか迷った。よく誘われる日だ。

だいぶたっても私がなにも言わないので、辻くんがふてくされる。

「高戸さんとはできて、俺とはできないの」

「またそういう……。高戸さんとも別に、デートっていう認識では……」

「じゃあ、ドライブ」

「あの……」

「あんまり人に見られないコース、俺が選びますから」

「そういう問題でもなくて……」

「TTSに比べたら、ステータスの低い車かもしれないけど」

「張り合う気なんだ？」

なにかと高戸さんを持ち出すので、ついおかしくなって尋ねた。

辻くんは印象的な目をぱちっとまばたかせ、まっすぐこちらを見つめる。そして絶対に聞き逃すのを許さないような、落ち着いた声で、きっぱりと言った。

「そうだよ」

彼はゆるく開いた脚の間に手を落とし、一見のんびりしているようにも見える姿勢で、力ない笑顔を浮かべる。

「俺は、あの人からユキさんを奪い取らないといけないんだよ」

「そんな……」

「大変なんだから、ほんと」

その視線がテーブルの上に落ちた。

「俺の車だって、ターボだし、新車だし、悪くないと思うよ」

「私、別に、高戸さんの車が好きなわけじゃないんだけど」

「じゃあ、なにが好きなの？」

鋭い突きを放った辻くんは、言葉に詰まった私を見て、安心させるように微笑む。

「なんて、わかりますよ。かっこよすぎだよね、あの人」

なにも言えない。

「俺、あの人に勝ってるとこ、独身ってとこくらいしかないと思うんだけど、そもそも、そこって比較するポイントなのかなって疑問もあるんだけど……」

腿《もも》に置いた両手を組んで、親指同士を遊ばせながら、言葉を選ぶように、ぽつぽつと話す。先を聞きたいのか、遮りたいのかわからないまま、私は彼の、組み合わされたきれいな指を見ていた。

「でも、どうにかして、ユキさんに俺のほうを選ばせたいんだ」

浮かんだ微笑みは、途方に暮れているみたいに弱々しかった。

「どうしたらいいのかなあ……」

きっと、本当にずっと、そのことを考えているんだろう。その結果、ぽろっとこぼれてしまった本心の響きがした。

ずるい、と思った。これで揺さぶられない女が、どこにいるのか。

「……いいよ」

「え？」

「デート」

「え、ドライブじゃなくて、デート？　いいんですか？」

「それ、そんなに違うの？」

怯んだ私に、辻くんは晴れやかな顔で、「気持ちの問題」と言った。

「じゃあ、やっぱりドライブのほうにする」

「なんでです⁉」

「予防線」

「また張るんだ」

ちぇっとふくれつつ、「いつにします？」と身を乗り出してくる。

「いつでもいいよ」

「じゃあ今週末。土曜は？」

あっ……。

私の動揺を、辻くんは見逃さなかった。彼の瞳の輝きが、みるみる曇っていくのがわかる。それでも彼は健気に笑い、「それなら、来週は？」と首をかしげて聞いた。

「大丈夫」

「迎えに行くので、時間だけあとで決めますね」

「楽しみにしてる」

そのとき辻くんが見せた笑顔が、本当に嬉しそうだったので、私は救われた。

駅で別れたあとも、彼と交わしたやりとりが、くり返し頭をよぎった。『楽しみにしてる』なんて、よく言えたものだ。

この胸の痛みはなんだろう。罪悪感か、優越感か、うずく女心か。

――俺に聞いてほしいんだな、お前。

どうしてだろう。高戸さんには、辻くんに関することをすべて話しているくせに、辻くんに対して同じことができなかったのは。

すでにばれていてさえ、黙っておきたいと思ったのは。

震える心

Ａ５サイズの台紙に印刷された、本採用の通知を渡すと、辻くんがきょとんとした。

「これからもよろしくね」

「あっ、ありがとうございます、がんばります」

動揺しながらも、うやうやしく両手で受け取る。

席についたまま行われた簡単な授与式に、部内のメンバーが拍手した。

「すごい、こういうのはじめてです」

「紙で渡すとか、なかったの？」

「なかったですねえ。データベースで通知が来て、終わりです」

さすが新しい会社は違う。

そこに部長が、自席から声をかけた。

「有給休暇も付与されたから、ちゃんと取るようにな」

「あっ、そうか、そうですね」

「さっそく明日休んだらどうだ？」

「そんな感じで許されるんですか？」

「ひとりが休もうが、仕事が回るのが大企業のいいところだ。それは個人に業務を集中させていない、俺のマネジメントがすばらしいともいえる」

「そうだ、辻くん、これあげるよ。休日は混むから、平日に休み取って行けばちょうどいいんじゃないかな」

「聞け」

布施くんが引き出しからなにかのチケットを取り出す。辻くんはそれを受け取ると、しげしげと眺めた。

「博物館、ですか」

「うん。健保の人からもらったんだけど。僕、実はもう自腹で何度も行ってて。一枚で二名入れるから、だれか誘って行ってきなよ」

「わあ、ありがとうございます。いただきます」

いそいそと財布にチケットをしまう辻くんに、端の席から、間山《まやま》さんという派遣の女性がくくっと笑いながら尋ねる。

「誘うとしたら、彼女ですか？」

果敢《かかん》な質問に、おおっと隣の島の部員までが称賛の声を上げた。これまでだれも聞けなかったけれど、みんなその部分に興味津々だったのだ。

注目を浴びて、さすがの辻くんもたじろぎ、「えっ、いや、今いないです」とあちこちに顔を向けながらしどろもどろに答える。

「別れちゃったんですか？」

「なんか、気づいたら振られてました……」

「前の会社を辞めたのって、それが理由だったり？」

辻くんと同い年の間山さんは、さらに切り込む。

「そんなバカな。振られたのはだいぶ前です。一年くらい？」

へえ、と私は正面の席で聞いていた。気づいたら振られていたって、いったいどういう状況なんだろう。

「向こうの結婚したいオーラに気づかないふりしたとか」

「えー？　でも、出てなかったと思うんですけど、そんなの……」

「そう思いたかっただけでしょ？」

容赦ない返しに、辻くんはすっかり踊らされ、「そうなのかな……」と困り顔で首をひねっている。

「連絡とってたりしないんですか？」

「ないですね、共通の友達が多いんで、なんとなく様子は聞こえてきますけど」

「聞いてみたら？　今でも待ってるかも」

「いやいや、ないです、しないです、絶対」

顔の前で手を振って、頑なに否定する様子が珍しくて、みんなが笑った。

辻くんは一度も、私のほうを見なかった。

＊　＊　＊

俺も飲みたいから、と高戸さんが言うので、車ではなく電車で行くことにし、現地の駅での待ち合わせになった。

自宅から三回乗り換え、海辺の駅に到着する。同じ電車に乗っていたらしく、ホームに降りたところで「由岐」と声をかけられた。

「遠くまで悪かったな」

「ううん、天気もよくて気持ちよかったです」

「こんな日こそ車走らせたいんだけどなあ。海沿いの店で酒も飲みたいしなあ……悩ましいところだよなあ……」

腕組みをして、悩ましげに眉間にしわを寄せている。カジュアルなジャケットに、こぎれいなデニム。インナーのTシャツが、たくましい身体をほどよく覆っている。

「学生時代って、もっと身体、鍛えてました？」

「え？」

改札を通り抜けると、目の前に夕暮れ直前の海が広がっていた。お店の場所も知らないのに、すでに気持ちよく酔えそうな気がしてくる。

「ああ、ラグビーの話？」

「フォワードってみんな、大きいんでしょ」

「だな、俺も現役のころは、今より十五キロ以上あった」

「へえ！」

上背に見合うだけの肩幅があり、体格もいい。それでも、いわゆるラグビー選手のイメージに比べたら締まりすぎだと思っていたら、十五キロか。

私の身長で考えたら人相が変わりそうなレベルの増減だけれど、百八十センチをゆうに超える男性にとってみれば、そこまででもないのかもしれない。

「運動しないと体重が落ちてくタイプなんだよな。だからけっこう気を使って、食って鍛えてまた食ってっていう」

「聞いてるだけで汗くさい」

「よけいなお世話だ」

くすくす笑いながら、そんな男くさい世界に、あの爽やかな辻くんがいたことを想像し、さらに笑った。

お店は盛況で、用意してもらっていたテラス席がまた格別だった。

窓が開いているというよりは、壁がないと言ったほうが正しい、開放的な無垢材の空間で、暮れゆく海を見ながら、アメリカンな気取らない料理を楽しむ。

飲んだコロナビールの瓶を、テラスの脇の手すりに立てて並べていったら、あっという間に半間ほどの幅が埋まってしまった。

「きみたち、在庫を飲み尽くす気？」

笑いながらおかわりを持ってきてくれたのは、高戸さんのご友人、このお店のオーナーだ。いかにも会社員という風貌の高戸さんと対照的に、長髪に髭、ひょろひょろと背の高い身体に派手なTシャツをひっかけている。

いったいどんな縁で出会ったのか、聞きたくなって聞いた。

「昔住んでた家の近くの、行きつけの飲み屋で。雄司《ゆうじ》も僕も常連だったの」

「ご近所だったってことですか？」

「どうだろ、だよね？」

「さあ？」

ふたりが首をかしげ合っている。

「……ふたりとも、そのお店の近くに住んでたってことでしょ？」

「俺はそうだけど、お前は？」

「俺もだよ、雄司ってどこ住んでたの」

「あの店の真裏」

「あれ、じゃあ本気で近いよ」

そうだったのかー、なんて今ごろ盛り上がっているふたりの会話に、男同士のつきあいって感じだなあ、とあきれ半分で耳を澄ました。

「どうしてあんなことも知らずに、友達になれるの？」

帰り道、さすがに不思議が募って聞いた。

「え？」

「どこに住んでるかとか、まず聞きません？」

「聞く場合もあるけど、それ以外で話が合えば、後回しになったりするだろ」

「何年のつきあい？」

「十年近くになるかな」

後回しにもほどがあるでしょ！

強い夜風が、陸から海へと吹き下ろし、スカートと髪をなぶる。隣を歩いていた高戸さんが、ふいに場所を入れ替えて、私の反対側へと移動した。どうしたの、と言いかけて、私の身体を叩く風が弱まったことに気がついた。

「なんとなく、納得しました」

「なにに？」

「私がだれだか、一度も聞かれなかったので」

高戸さんとの関係はおろか、年齢も仕事の有無も、なにひとつ。高戸さんが笑った。

「そういう奴なんだよ」

もしくは、そういう人だから、私を会わせることができたのかもしれない。

のどかな街には、けばけばしいネオンサインも騒がしい溜まり場もない。ひっそりと静まり返り、動いているのは私たちと、夜の海だけだ。

うーん、と高戸さんが伸びをする。

「次に来るときは車かな」

「走りたくなっちゃったんでしょ」

「だって、ネクタイしてすし詰めのラッシュに耐えてコンクリートの建物に向かって、金のことばかり考えてるなんて、むなしくならないか？」

「それが天職なくせに」

隙だらけのわき腹を指でつついた。彼は咳込みながら笑って身体を折り、仕返しに片手で私の頭をぐしゃぐしゃにした。

高戸さんに、こんなロハスな生活は似合わない。煙草を好き放題吸って、昼食は十分でかき込んで、革靴とスーツで飛び回ってお金を稼いでいる姿が一番かっこいい。

私はいつから、この人といることに慣れてしまったんだろう。

罪悪感も背徳感もない。ただ、一緒にいて楽しい。

なんでも話せて、聞いてもらえて、人生の先輩としても仕事仲間としても、親身で的確な助言をくれる。

急に距離を詰めてくることもなく、私を心地いい位置で泳がせておいてくれる。

もっと生活感のある人だったら、ふと我に返ることもあっただろうに。彼はどうにも暮らしぶりを想像させない人で、それが厄介な事実から、目を背けやすくする。

「追試、どうでした？」

「同じ不備は見つからなかった。ミスの範囲だと辻くんも言ってくれたよ、まあミスもあっちゃまずいんだが」

「よかった」

「他事業部も、模擬監査って進めてるのか？」

「進めようとしているところです。物理的にも離れているので、なかなか本社みたいにはいかないんですけど」

「少人数でも、分室みたいな監査人の部署を置けたらいいんだろうけどな」

「なかなか知識のある人もいなくて」

「監査部の次は、どこに行きたいんだ？」

「うーん……まだあまり考えてないですけど」

うちの会社では、管理職はおよそ二年で異動になる。私も例にもれず、再来年度には監査部から出ていくことになるだろう。

「営業に戻ってこいよ」

私たちはこぢんまりした駅舎に入った。構内の明かりで、彼の顔が見える。彼は私に、にこっと笑いかけた。

「通用すると思う？」

「お前ならウィングもできるよ」

どうだろう。あそこは会社の中でも、特に濃い男社会だ。ヒラ時代ならともかく、管理職で行って受け入れられるかどうか。

「もしそのときまで俺がいれば、部下としてこき使ってやる」

「そのころには、最年少次長かな、高戸さんは」

「さすがにまだ早いだろ」

いずれその座にはつくが、という意味だ。

本当に憧れる、その自信と、自負するに足る実力。そして人望。

「もしそんな話が来たら、絶対逃げずに挑戦しろよ」

「負けるのがわかっていても?」

「そうだ。失敗したって別に、だれも笑わない。笑う奴は、自分もだれかに笑われてることに気づかない奴だ、無視していい」

改札を通り抜け、少し私の前を歩きながら言う。揺らぎのない、温かい声。

私はこの人を、だれよりも心強い味方だと感じるときがある。

「……覚えておきます」

「そうしとけ」

なぜかこのとき、いつもは頑なにしまい込んでいる疑問が頭をもたげた。

この人は、なにを考えて私といるんだろう。

＊　＊　＊

「はい、じゃあなにか指導してるふうな体《てい》で」

「どんな体よ」

薫子の指示に従い、辻くんと机の上の出力をのぞき込みながら、それらしく見えるよう、一か所を指さしたりしてみる。

仕事中の風景を撮りたい、と言われたものの、デスクは機密が多いので、会議室で撮ることになった。社内報の制作を請け負っているプロダクションのカメラマンが、立て続けにシャッターを切る。

「こんなもんかな、どれが採用されるかはお楽しみね」

「チェックさせてくれないの？」

「一番美人で知的に撮れてるの、ちゃんと選ぶから」

写真は苦手だ。笑顔だろうが真顔だろうが、思いどおりに表情を作れたためしがない。うしろ姿しか写り込まない辻くんは、失礼にもずっと楽しそうに笑っていた。

「記事もあらかたできてるし、あとは完成をお待ちくださいな」

「辻くんも、もうコメント書いたの？」

「はい」

どんな質問に、どう答えたの？と聞いたところで教えてもらえないに違いない。薫子と辻くんは意味ありげな視線を交わし、にやにやしている。

「いいよ、もう。ネタにされるのも珍獣扱いされるのも慣れたから」

「そんなんじゃないですよ、まじめに書きました」

「ほんと辻くんてまじめね、感動しちゃった」

薫子が上機嫌で彼の肩を叩いている。

人たらしなんだよね、辻くんて。


「なんか言いました？」

運転席から、彼がくるっとこちらを向いたので「なにも」と答えた。

あからさまにごまかされ、納得していなそうな目つきでじろじろとこちらを見るも、その顔がだんだんと嬉しそうに溶けてくる。

「かわいいなあ、今日のユキさん」

「ありがと」

「会社でもそういう格好、すればいいのに」

今日の私は、ベージュの五分袖のハイネックニットを、ワインレッドのサーキュラースカートに入れている。まだカラータイツは暑苦しく見えるので、ストッキングにベージュのパンプス。首にはパールのネックレス。ピアスも大ぶりのパール。

男の人って時代に関係なく、こういうコンサバな格好が好きだ。

「動きづらいよ」

「あー、でもやっぱり、いいや、こういうときだけにしといて」

「デレデレしすぎじゃない？」

「だって、しますよー」

会うなり目を輝かせ、圏央道《けんおうどう》に乗ってもずっとこうだ。

お昼前に、辻くんがマンションまで迎えに来てくれた。車がぴかぴかに磨かれていたので私は笑い、そりゃ磨くでしょ！と彼が胸を張ったので、さらに笑った。

「どう、けっこうよく走るでしょ、俺の子も」

「よくわからないけど、車高が高いのに安定感があるね」

「そう、そうなんです！」

どうやらうまい具合にポイントをついてしまったらしく、嬉しそうに語りはじめる。

「こういう、V型のエンジンと違って、車重が低くて」

「新型なんだっけ、この車」

「そうだよ、乗り換えたばかり。まだだれも乗せてない。ユキさんがこれに乗る最初の女の人だよ」

「〝まだ〟〝だれも〟、ね」

私の切り返しに、じわじわと失言に気づいたらしく、笑顔が消えていく。

「前の車には、さぞ〝すでに〟〝何人も〟乗ってるんだろうね」

「……そんなにいないよ」

「気づいたら振られてたってなに？」

「えっ、なんでしたっけ、その話」

「この間、間山さんに突っ込まれてたじゃない」

「ああ……よく覚えてますね」

辻くんは見るからにそわそわし出して、落ち着きがない。

快晴の空から、きつい日差しが降り注ぐ。目を細めて窓の外を眺めながら、そりゃ覚えてるよ、と心の中で言った。

「気づいたらつきあってたわけ？」

「いや、さすがにそれは」

「毎回こんな感じに、積極的なの？」

辻くんの格好は、ざっくりしたグレーのニットに、細身のデニム、スニーカーというものだ。気を使っていないようで細部までバランスがよく、センスがいいんだなあと思わせる。

「ないです、ないです。自分から言ったのなんて、はじめてで」

「そうなんだ？」

「そうです、いつも言われる側……」

「……へえ」

「なんですかその目……」

別に、とゆったりした足元のスペースを活用して脚を組み、引き続き流れる風景に目をやった。

「言いたいことあるなら、言ってよ」

「やっぱりもてるんだなと思ったの。想像どおりだけど」

「もてると思ったことなんてないよ」

「それ、今度会社で言ってみなさい。袋叩きにあうから」

「でもそうなんです、たぶん俺、言いやすいだけなんだよ。なんかあんまり、たとえばひどく振るとか冷たく断るとか、しなそうに見えるみたいで」

「ああ……」

「わかるでしょ。だからみんな、こいつならいいかなってくらいの感覚で言ってくるんです。それで『思ったのと違った』って去ってくの」

「どう違ったの？」

「ええと、全員に聞いたわけじゃないけど、『もっと軽いと思ってた』って言われたことはありました」

「なにそれ？　軽い男と遊びたかったの？」

そんな身勝手な理由で人を振る人がいるのか。辻くんは、うーん、と難しい顔をして、懸命に考えている。

「そういう意味でもなくて、たぶんですけど、俺、相手が彼女でも、悪いと思ったらけっこう叱っちゃうタイプで、そういうのやめたほうがいいよとか」

「ああ」

「それがほんとに気に入らなかったみたいで、それ言ってきた子とは、ほんと最短記録です、三週間くらい」

なるほどなあ。仕事をしている姿を知らなければ、こなれた風体のこの青年は、ちょっと遊んでもらうのにちょうどいい相手に見えてしまうのかもしれない。

「『説教くさい』とかも言われたなあ」

「確かに、見た目よりは堅いかもね」

「え、ユキさんもそう思う？」

「私からすると、しっかりしてるっていう、いい面しかないけど」

「そっか……そうですかね……」

車内は流行りの曲が流れている。半分以上はついていけず、わかるところだけ口ずさむと、辻くんがカップホルダーに放り込んでいた携帯を渡してきた。

「好きなの聴いていいよ」

「曲はドライバーの趣味を楽しむことにしてるの」

ありがたく遠慮したつもりが、場のテンションが急激に下がった。

しまった。高戸さんのことを言ったわけじゃないけれど、じゃあほかにだれの車にそんな乗っているんだ、という話だ。

「……そう」

「えーと、どこに向かってるの？」

「俺の地元です」

「どこ？」

「茅ヶ崎《ちがさき》」

茅ヶ崎……って、あれ？

「湘南？」

「ですね」

なんでよりによって、同じエリアに。

私の反応で、彼も事情を察したようだった。車内のテンションがさらに下がる。

「あの、別に、私的には、全然、同じでも」

「俺だって、そこまで気にしませんけど……」

どう見ても、気にしていない顔ではない。

気まずい沈黙を、音楽がむなしく埋める。数分が過ぎたころ、辻くんが意を決したような声で「あの」と言った。

「俺、別に、束縛したりとか、そういうつもりはまったくないんですけど」

「うん……?」

険しい顔つきで、きっと前方をにらんでいる。

「でも、あんまりあの人と、休みの日とか、過ごされるのは……いやだって言ったら」

「そこまで言うと、覚悟を固めるみたいに、一度大きく息を吸った。

「ちょっとは、考えてもらえますか?」

私はなにも言えなかった。辻くんもそれきり黙ってしまったので、車内はまた、音楽の力を借りて、なんとか間が持てているような状態に陥った。


「笑いすぎですよー」

「ごめん、……あはは、ごめん」

結論から言うと、ドライブはこの上なく楽しかった。

一度お互い沈黙してしまったものの、目的地に到着してからはリラックスして、たくさん話して、顎が痛くなるほど笑って、いろいろな場所で遊んだ。

その場所というのが問題で、ビーチ、開放的なカフェ、カップルだらけの商業施設、夕暮れにまたビーチ、夜は少し都心側に戻って夜景を見下ろせるレストラン……。

どのチョイスも狙いがストレートすぎて、後半になると移動先が見えてくるたび、私はおなかを抱えて笑うはめになった。辻くんも確信犯だったらしい。そんな私を満足そうに見ては、「盛り上がる？」としつこく聞いてますます笑わせた。

今は、夜の首都高《しゅとこう》を、私の家に向けて走っている途中だ。

「だれかといてここまで笑ったの、はじめてかも」

「お、〝はじめて〟おひとついただきました」

冗談めかして、嬉しそうに笑う。

くたくたになるまで浜辺を歩いたあとも、運転席のシートに収まれば彼は元気になる。彼のこの、周りまで明るくする輝きは、ただの若さで済むものじゃないと思い知った。これは辻くんの、立派な能力だ。

首都高を降り、私の家の近くまで来たところで、彼が突然コインパーキングに車を入れ、駐車した。

「はい、ここで降ります」

「え？」

ここ、どこ？

さっさとシートベルトを外した彼に続いて、慌てて私も車を出る。

「どこかに寄るの？」

「ううん」

ピッというロックの音が、退路を断つように響く。あたりは住宅街だ。いったいなにが始まるのかと危ぶむ私に、辻くんが左手を差し出した。

「家まで歩くんだよ」

……なにこれ。こんな、一日の仕上げみたいな。

ドライブって言ったのに。結局、まるでデートじゃないか。

佇んだまま、手を出せずにいる私に、辻くんが安心させるように微笑む。

「だれも見てないよ」

「そうだけど……」

そうじゃないの。人目とか、そんなものを気にしているわけじゃない。

彼は、ん、と催促するように左手を突き出してくる。

「月曜までに忘れますから」

申し訳なさでいっぱいになった。

ごめん。ずるいね、私。辻くんが、ものわかりがいいのをいいことに、我慢も気遣いも、全部押しつけている。

おそるおそる、右手を差し出した。温かい手がそれを握った。

怖い。

自分の心が、震えているのが怖い。

ひたむきなこの手を、力いっぱい握り返してしまいそうで怖い。

私の手を包み込むように握って、ゆっくりと歩きながら、辻くんは当たり障りのない話をしてくれる。月が白いよ、とか、半分くらいまで来たよ、とか。

まるで手のひらに心臓が移動したみたいだ。ドキドキと脈打っていて、気づかれまいと必死になった。触れ合った場所から伝わる、辻くんの手の、男の人らしい感触。肌も骨も、大きさも長さも、私と違う。

上の空だったせいで、マンションまでは一瞬だった。エントランスの前まで来ると、彼はぱっと手を離し、にこっと笑った。

「おやすみなさい」

「……おやすみ」

あまりにあっけない幕切れに拍子抜けしつつも、ほっとする。

「今日、ほんとに楽しかった、ありがとう」

「俺も楽しかったです」

手を振ってから、彼に背を向け、三段ほどの階段を上がった。鍵を取り出そうとバッグを持ち上げたとき、その腕を掴まれた。

驚いて振り返り、辻くんだ、と思う間もなく、のぞき込むように瞳が近づいてくる。

その瞳が間近で閉じて、温かい唇が重なった。

一瞬だけ押しつけられた唇は、すぐに離れていった。まばたきの振動さえ感じそうな距離で、まっすぐな目がこちらを見つめる。なにか言わなきゃ、と思ったとき、それを封じるように辻くんが私の頬に手を添えて、指で目尻のあたりをなでた。

〝目を閉じてよ〟

そんな無言のメッセージだと感じた。

私が従うより先に、彼は再び重ねてきて、それがさっきよりもはるかに濃く、たっぷりとしたキスだったので私は慌てた。

片手が腰に回って、私を抱き寄せる。ゆるっとしたニットの下に脈打つ、しなやかな身体の体温を感じ、突っ張ろうとしていた手から力が抜ける。

私を上向かせて、かぶせるキス。浅く噛み合わせて、唇を舌先で舐めて、焦らすように噛んで。時おり戯れるように吸っては、濡れた音を立てる。決して深くはないのに、どこか淫らでなまめかしい。

これ、だれ。

さっきまでの無邪気さとかけ離れすぎて、私は混乱し、同時にその甘さにからめとられていた。引きずられるように反応を返す。当然ながら彼もすぐ気づく。

苦しいくらいの力で抱きしめられた。呼吸を求めて開いた口に噛みつかれる。

無防備な唇のすき間に、舌がすべり込んできた瞬間、我に返った。

「こらーっ！」

「いてーっ！」

バッグで頭を叩かれて、辻くんが身体を折る。

解放された隙に、急いで距離を取った。心臓が鳴っている。危なかった。

恨めしげな涙目が、指の間からのぞく。

「いきなり殴らなくてもいいじゃないですか」

「いきなりはそっちでしょ！」

「自然な流れじゃん、デート終わりにキスなんて」

「ドライブだって言ったよね……？」

ちっと舌打ちをする辻くんの態度に、怒りがこみ上げてきた。彼はすっかりふてくされ、むすっと横を見つめている。

「一回くらい……」

「聞こえないよ、なに」

「どうせ高戸さんともしてるんでしょ、なら一回くらい、俺としたっていいじゃんって言いたかったんです」

「はっ⁉」

耳を疑った。

「バカなこと言わないで、高戸さんとキスなんてしてない！」

それどころか手をつないだこともない。とんでもない誤解をされていたのかと思うと、顔が熱くなってくる。今度は辻くんが「はっ⁉」と目を丸くした。

「してないの？」

「してません」

「そんなの、じゃあ、全然つきあってないじゃん」

「つきあってるなんて言ってないでしょ！」

エントランスドアの前に、沈黙が降りる。辻くんはようやく私と高戸さんの関係を理解したようで、おもしろくなさそうに言った。

「……ほんとに微妙な関係なんだね」

「ほっといてよ」

「高戸さん、めちゃくちゃ我慢してるんじゃないの、ひどい女」

なんだって？

「あいにくですが、向こうは大人なのでね」

「大人ならどれだけ我慢させてもいいって？　そんなわけないだろ、我慢なんてだれだってつらいよ。いくらなんでも甘えすぎ。そのうち捨てられるよ」

「どっちの味方なのよ……？」

ぎりぎりと歯噛みしたいような気分で彼をにらみつけた。辻くんは痛くもかゆくもないようで、ふんと笑って見下ろしてくる。

「自分だって、我慢の限界のくせにさ」

「私はなにも我慢なんてしてない」

「そう？　高戸さんが、なんで手を出してこないのか、考えたことないの？　早く出してよって思ったこと、一度もない？」

「ない」

「先を期待してないんなら、なんでオフで会ったりするの」

「それがよけいなお世話だっていうの。だれかさんみたいに、隙あらばって狙ってる人ばかりじゃないってこと」

「それにしちゃ、手ごたえありましたけどね、さっきのキス」

週が明けたら覚えておきなさいよ、と言ってやりたい気持ちをなんとか抑え込んだ。

そこは別。別だ。

「そっちがどう感じようと知りません」

「もう一度確かめてみます？」

私の顎を、軽く持ち上げるみたいにしてくすぐる。その手を振り払った。

「ほら、意識してる」

愉快そうに笑う顔が、殴りたいほど腹立たしい。誘導されたとおりにさっきのキスを思い出してしまう自分は、もっと腹立たしい。

「するよ、なんなの、あんな、いつもと全然違う……」

「全然違うって？」

「……色気というか」

言わされただけで赤面する私に対し、辻くんは平然としている。

「いや、俺、目下ですけどこれでも二十六なんで。立派な成人した男ですんで。そこを忘れられても」

「卑怯……」

「それは、ぐらっと来ちゃったから出る言葉ですよねえ」

またからかうように私の顎を指でなでる。今度は私が振り払う前に、さっとその手を引っこめた。それから急に聞き分けのいい彼に戻って言った。

「帰ります。おやすみなさい」

私の返事も待たず、くるっと方向転換して、住宅街の暗がりに走って消えていく。

あの二十分ほどの道を、また戻るの？　私と手をつないで、並んで歩くためだけに、そんな手間をかけたの？　駐車場までの道で、私のことを考えるんでしょ。ひとりのときは、いい子なの悪い子なの、どっちなの。

参ったなあ、とため息をついて、マンションの中に入った。

本当に参った。好き放題言われて、されて、なのにちっともいやじゃない。しいて言えば、ぬけぬけと喜んでいる自分がいやだ。いったいなにが欲しいの。安心したいの、恋愛したいの？　強くいたいの、寄りかかりたいの？

答えは出ないとわかりきっていたので、考えるのをやめた。

＊＊＊

「監査法人と中間報告会をしました。その結果を共有しますね」

会議室で、法人窓口である岡本《おかもと》さんという男性が出力を配った。

十二名いる監査部員のうち、私と同じ島の八名は社内対応、ほかの四名は監査法人との窓口、および税務調査や会計監査など、別部署と連携する業務を担当している。

「総括としては、努力は認めるがまだまだ、というところです」

冷静なコメントに、全員がはーっと肩を落とした。

「ただ細かい内容を見ていけば、確実に各種の法に抵触する事例は減ってます。これは模擬監査の功績です、引き続き地道にやっていきましょう」

「部署別に見ていくか。改善の兆しがないのが……販売促進部、購買部あたりだな」

資料をめくる部長に、私は説明した。

「促進部は今、業務マニュアルをこちらで見直し、手を入れようとしてるところです」

促進部は扱う額も大きいし、営業員や特約店への奨励金、報奨金などの予算も持っているので、とにかくお金の出入りや企画の承認経路が煩雑なのだ。

「辻がやってくれてるんだったか？」

辻くんがうなずいた。

「はい」

「どうだ、めどは立ちそうか」

「なんとか。ただ向こうの部内に、もっと本腰を入れて担当してくれる人が欲しいです。これは促進部に限ったことじゃないですが」

「そこだよなあ」

だれもがうなずいた。ずっと各部署にお願いしていることだ。理解を示す部署も徐々に増えているものの、まだまだ理想にはほど遠い。

「ほかの事業部にも、そろそろ手を広げないと」

高戸さんとの会話を思い出して言った。またみんなうなずく。やらなければいけないことは山積みだ。時間も人も足りない。

「ここにいる面子《めんつ》はわかってると思うが、うちの社内は、いつ外部から刺されてもおかしくないずさんな業務が慣習的に行われてる。俺たちはなんとか、それをまともな状態に戻さなくちゃならん」

「はい」

「壁ばかりだが、基本は人の意識さえ変わればなくなる壁だ。こつこつ説いてやれ」

「あの、それなんですけど」

遠慮がちに声を発したのは、辻くんだった。

「なんだ？」

「啓蒙というか、勉強会というか、そういう方向からも活動できないでしょうか。個別に説明するだけじゃなく」

「セミナーみたいな？」

「そうです、大仰《おおぎょう》なものじゃなくてもいいので。法律なんて、だれも破りたくて破ってないです。大原則を知らずに、あれもダメこれもダメって言われて、息詰まってるんだと思うんですよ」

「うちが発行してる『監査通信』に、入門コーナーもあるんだけど、足りないかな」

通信担当の間山さんが、思案顔になる。

辻くんはきっぱりと「足りないと思います」とうなずいた。

「僕は最初、あれですごく勉強しましたが、読まない人は読みません。各部署でも理解度にかなり差があるのがわかります。でもいい加減、それじゃダメだって危機感を持ってるのも、伝わってきてる」

「講習会を開く案は、当初あったんだよ」

な、と部長が私を見る。私はうなずいた。

まだ監査室だった時代、内部統制の必要性や法律の概要を知ってもらうために、人を集めて説明しようと企画したものの、集まらなかったのだ。

きっと、時期尚早だった。辻くんの言うとおり、最近は社内に危機感も芽生えている。地道に活動してきた成果だ。

岡本さんがうなずいた。

「時期が来たのかもしれませんね」

「やるか。じゃ、せっかくだから辻、担当してみて」

「え」

「ユキ、サポートしてやれ」

「はい」

「あの」

「じゃ、ほかに報告、共有事項等あれば」

めいめい発言する中、辻くんはぽかんとしていた。

「ああいうマネジメントなの、勝田部長は」

「俺にできますかね？」

「私がサポートすればできる。で、ふたりでもできないことはできる人に頼もう。それが担当者の仕事」

はー……とまだ狐《きつね》につままれたような顔をしている。食堂のうどんを前にお箸を持ってはいるものの、食べることを忘れてしまったみたいだ。

今日の株価と社内のニュースが繰り返し流れているモニタを見て、ああいうところにティップス的なものを載せてもらうとかもありだな、と考えた。

「思い切りがいいですね」

「社内でも特殊だよ、あの人は。私はけっこう憧れてる」

「マネージャーとして？」

「そう。この人の下にいてよかったと思える上司なんて、そういないと思わない？」

「わかります」

辻くんはこくこくとうなずき、思い出したように麺をすすりはじめた。

「高戸さんは？」

「えっ？」

「憧れませんか、マネージャーとして？」

思わず彼をまじまじと見つめた。どうやら含みはなく、言葉どおりの質問らしい。

「あの人は……どちらかというと、仕事人として憧れてる」

「マネージャーとしては？」

「タイプが全然違うから。目指しても目指せない系統っていうか」

「系統、ですか」

そう、とうなずいて、どう言うのが的確かなと思案する。

「〝惚れさせ系〟？」

「あ、わかります」

辻くんが吹き出した。

だよね。とりあえずもう、この人についていくと惚れ込ませて、部下の能力を最大限引き出す人。決してマネジメントが大味というわけでなく、むしろ細やかなんだけれど、それ以上に本人のカリスマ性が大きい。

「手ごわいですよねえ」

難しい顔で、辻くんが言った。

どういう意味で？とは聞かずにおいた。

――食事するんじゃなかったわけ？

心の中で罵って、私を壁に押しつけている身体の、上腕のあたりをドンドンと叩いた。ふさがれていた唇が、ようやく解放される。

路地から半地下のレストランに向かって伸びる階段の途中。レンガでできた壁の痕が、トレンチコートについている気がして、肩甲骨のあたりを払った。

辻くんの不満そうな顔が、オレンジ色の明かりの中に浮かび上がる。

「なんですぐぶつの？」

なんでもなにもあるか！

夕方、ちょっとした外出から戻ってきたとき、会社の入り口で辻くんとばったり会った。帰るところだった彼は、『よかったら、食事でも』と私を誘ったのだ。

少し恥ずかしそうに、純真そうな笑顔で。なのにまた、この豹変《ひょうへん》。

「いきなりなんだって、いつも」

「じゃあ、今からもう一回します」

「予告すればいいってもんじゃ――」

すくい上げるように、顎のラインに手を当てて、またキス。指先が耳のうしろをくすぐって、肌がざわついた。

さすがに一線は承知している彼の、深く入ってはこず、でも物欲しげに、唇のすき間でさまよう柔らかい舌。子どもがおねだりをしているようでもあり、獰猛《どうもう》な獣が舌なめずりをしているようでもあり、どう受け止めたらいいのか混乱する。

「人が来るって」

「もうやめるよ」

「会社では……」

「するわけないでしょ」

前触れもなく発情しておいて、なにを澄ましているのか。

歯噛みしていると、残りの階段を下り始めた辻くんが、はーっと宙にため息を吐き出した。両手で顔を覆って、「うう……」と呻いている。

「どうしたの」

「なんか外れた……」

「なんかって？」

「タガ、みたいなものかな。やばいです」

言いながら、手で顔をあおぐ。その耳が赤いのが、うしろから見える。肌寒いくらいなのに、私の頬も火照っていた。

あの日から、人目を盗んでは、こんなキス。

辻くんの衝動はいつも突然で、人の波が途切れた瞬間、暗がりに足を踏み入れた瞬間、従順な部下の顔を脱ぎ捨てる。

　私は毎回太刀打ちできず、このありさま。まずいと感じる自分と、悪いことをしているわけじゃないという言い訳の間で、みっともなく揺れている。

＊　＊　＊

「えっ、あのふたり、そうなの？」

「上司とってこと？」

　会社の洗面所から聞こえた声に、心臓が止まりかけた。

「あ、ユキちゃん！　聞いてよ、物流の一課長が新人の女の子とできてたんだって」

　中にいたのは、数年上の先輩ふたりだった。

　私のことじゃなかった。全身から汗が出るほど安心した。

「ほとんど親子だよね、年齢的に」

「なんでばれたの？」

「妊娠させちゃったみたいで、近々結婚するらしいよ。ごく近い人にだけ話したみたいなんだけど、一瞬で広まったよね」

私は、「それはまた……」と力なく言った。その〝近い人〟のだれかに裏切られたのかと思うと、気の毒だ。

「新人さんじゃ、育休も取れないでしょうね、かわいそうに」

「辞めるでしょ、課長の収入でやってけるもん」

まあ、それもそうだけれど。せっかく就職難の中がんばって、大手と言えるこのメーカーに就職したのだ。本人に働きたい意思があるのなら、やっぱり気の毒だ。

給与や評価には響くけれど、〝欠勤〟するという手もある。状況がわかれば、なにか手を考えられるかも……と考え、お節介かもしれないと思い直した。

上司がしっかりしていれば、その子の希望に合わせて最良の手段を取ってくれるはずだ。いや、その上司がその相手なのか……。

「なんでユキちゃんが悩んでるの」

「いえ、ちょっと……」

「まあ、大っぴらにしてないだけで、ひそかにできてる人たちなんて山ほどいるよね」

「だよね、社内婚だらけだもんね。人のこと言えないけど」

ははは、と笑い合って、彼女たちは出ていった。

そうなのだ、山ほどいる。私と辻くんの、性別を逆にすればただのよくある話だ。

だけど、私は女で、彼は男性。その事実は動かない。

これでいいんだろうか、私たち。

ある日、出社するなり、勝田部長が私を呼んだ。

人目を避けるように会議室にこもる、その様子にただごとではないと感じる。

「なにかありましたか」

「不正会計の内部通報があった」

鼓動が跳ね上がった。恐れていた事態が起こったのだ。

「……どこから？」

「リサイクル事業部」

頭を殴られたような衝撃に襲われた。他事業部の監査も、本格的に始めないとね、なんて言っている場合じゃなかった。すでに手遅れだった。

「監査部は全員知っておく必要がある。みんなそろったらここへ集めてくれ。詳しいことは俺もまだわからんのだが、岡本さんが情報をまとめてる」

「申し訳ありません……」

「お前が責任を感じる話じゃない。だが『監査部はなにをやっていた』という声があるのも確かだ。踏ん張りどころだぞ」

肩を叩かれて、「はい」と弱々しく答えた。

「……というわけだ。すでに監査役には報告済み。役員と、法務部と財務部のごく一部の人間だけが、事実を追及するために動いている。当然だがこの件は他言無用だ」

部長からの通達に、部員がこわばった表情でうなずく。

「要は、横領ですか」

布施くんが尋ねると、岡本さんが「そう」と言った。彼は監査役との連絡係もしており、こういった情報は彼のところで集約される。

「自分の家族が営んでいる会社に対して、架空の発注をし、納品をでっちあげ、支払いをしていた。少なくとも過去四年間にわたって、何度か実行されてる」

「まわりが気づかないものなんですか」

「ほかの事業部は、本社みたいに人の異動がない。権力を持った人間が長いこと同じ立場に居座り、ルールも自分で作れる。要するにやりたい放題なんだ」

そう。だからこそ、私たちがなんとかしなきゃいけなかった。

「あの、どうなるんですか、こういう場合。刑事事件扱いなんですか？」

辻くんが岡本さんに尋ねた。

「そう。さいわいと言ってはなんだけど、横領の場合、会社は被害者だ。不正を行った管理職に対し、訴訟を起こすのが普通だね」

「そのあたりの判断は、今執行部で話されている。正直この件に関して、知っておく以上のことは、俺たちにはできん。ほかに質問がなければ、解散」

重苦しい沈黙を抱えて、私たちはぞろぞろと会議室を出ていった。

「ユキさん」

席に戻らず、フロアを出た私を、辻くんが追いかけてきた。

「なに？」

「いや、あの……」

手を腰のあたりで拭いては、気づかわしげにあたりを眺めたり、私を見たりする。

くすっと笑いが漏れた。私を心配しているんだろう。

「大丈夫だから」

「でも」

「ごめん、ひとりにして」

それだけ言って、階段を下りた。

だれもいない踊り場で、耐えきれなくなり、うずくまった。

避けられたはずだ。悔しさと情けなさで、頭が沸騰しそうになる。

内部通報なのがまだ救いだった。外部監査の指摘で発覚していたら、拭っても落ちない会社としての、一生の汚点になるところだった。

いや、発覚の経路なんて関係ない。

くだらない不正。そんなことをする社員を生み出し、それを可能にした体制が腐っているのだ。だから体制の一部である、私たちが防がなきゃいけなかったのに！

悔しい。

部長の言ったとおり、今回の件はもう、私たちの手を離れている。

けれどこれが明るみに出たら、監査部の立場は今まで以上に風当たりがきつくなる。

一生懸命やっていました、なんていうのは小学生の主張だ。

『お前が責任を感じる話じゃない』

わかっています、部長。

でも、自分を許せないんです。

逃げられない

「由岐、ちょっと」

すれ違いざまに、指で私を招いたのは高戸さんだった。

人目をはばかるような仕草に、もしやと勘が働く。

「聞いたか」

「そっちにも話、来てます？」

「いや、営業は言っちゃなんだがまったく無関係だから、正式な通達はない。ただ本部長クラスが慌ただしくしてるのは見えるな」

商談スペースの片隅に立って、顔を寄せ合って小声で話す。

どうやら本当に執行部と、一部の人間だけが知らされているらしい。じゃあ、なぜ高戸さんが知っているのかという話になる。

「高戸さん、知ってたんでしょう」

「具体的な話は知らなかった。ただあそこでなにかきなくさいことが起こっていると、個人的に教えてくれた人がいた」

あのとき、急に他事業部の話を持ち出したのは、それだったのだ。

〝個人的に〟か。それじゃ、なぜ教えてくれなかったのと責めるわけにもいかない。

高戸さんが申し訳なさそうに言う。

「すまん」

「ううん。半端に気づいても、なにもできませんし」

だけど、高戸さんくらいの人望と人脈が、私にもあれば。なにかおかしいというシグナルを、感じ取れたかもしれないのに。

「そういう顔、下に見せるなよ」

唇を噛む私に、優しく叱るような声が言う。

それでもなお、自分への失望と、彼への羨望で打ちのめされていると、彼の手が伸びてきて、私の後頭部に回った。

私の頭を引き寄せ、自分の胸に押しつける。それからぐいっと乱暴になでて、ぽいと放り出した。一瞬のことだったけれど、大きな手の温もりが、私の心をかき乱した。

甘やかさないでほしい、こんなときに。

「……私、一応最古参なの、今の監査部で」

「知ってるよ」

「マネージャーとしては新米だけど、ちゃんと責任を感じたいの」

頑な私に、やれやれというため息が聞こえた。

「責任てのは、感じて終わりじゃない、取るもんだ」

壁に寄りかかり、両手をポケットに入れ、私を見つめる。

「部として、どう再発防止に取り組むのか。今回の件をどう教訓として生かすのか。その具体案を立てて実行するのが、今の由岐の責任だろうな」

「はい」

「うじうじするな。いらいらするな。辻くんはお前を見て育つ」

言われて、はっとした。背筋を伸ばして、「はい」ともう一度言う。

高戸さんは、〝よくできました〟という笑みを浮かべ、もう行けと手を振った。

「俺はここで一服してく」

「なにか情報入ったらください」

「もちろん」

廊下に戻り、階段を目指した。

うじうじするな。いらいらするな。やるべきことをしろ。

はい、と心の中でくり返しながら。

会社というのは不思議なもので、まるでそんな重大事件なんてなかったかのように、翌日にはもう、通常運行に戻っていた。

監査部にはかろうじて、上層部の混乱が伝わってくる。

何年も行われてきた架空取引で、横領金額の総計はそこそこのボリュームに達していること。起訴すると決まった時点でプレスリリースを出すべきか、検討が始まったということ。本人は表向きは病欠の謹慎処分、最終的には解雇だろうということ。

「なんか……あれですね」

「どれ？」

「ああいうのって、まあ、やっちゃうこと自体、理解できないですけど」

打ち合わせに向かう途中、辻くんが考え込みながら言った。

「よくそんな時間があるなって。本業以外で、インチキ発注書を作って請求書をもらって、経理に支払い処理を回して、とかコツコツやってたわけでしょ」

「実際、ひまだったんだと思うよ」

「俺、毎日忙しくてよかったです。悪いこと思いつく時間なんかないですもん」

「時間があっても、辻くんは思いつかないでしょ」

「それは買い被り、いや、見くびり、ですよ？」

「正反対だけど、どっち？」

「どっちだろ」

混乱したらしく、しきりに首をひねっている。その様子がおかしくて、思わず吹き出すと、彼が「よかった」とほっとしたように言った。

「なにが？」

「ユキさんは、笑ってるほうがいいと思うんで」

情けなくなった。彼は昨日からずっと、ぴりぴりした私と仕事しなくてはならなかったのだ。どれほど息苦しかっただろう。

「ごめ……」

「ユキさんの悔しさは、俺には想像もつかないくらいだと思うんですけど」

並んで歩く彼の、明るい瞳がこちらを向く。

「がんばりましょうね」

私、ダメだなあ。辻くんにこんなことを言わせて、まだまだだ。

自分を責めても意味はない。大事なのは、これからなにをするかだ。

ありがと、と伝えると、彼がにっこり笑った。

──と、気を取り直したのもつかの間。

「聞いたよー、監査部さん」

含みのある声音に、辻くんがぴくっと反応した。

件《くだん》の問題山積み部署、販売促進部との打ち合わせの席だ。何度要請しても資料をそろえてくれないので、もう手元にあるもの全部持ってきてください、と頼んでチェックさせてもらうことにした。

「十二件中、納品後発注が四件。ちょっと多いですね」

辻くんは書類をそろえながら、冷静に伝える。

促進部は課長と、若い担当者がひとり出席している。肩身が狭そうな担当者とは対照的に、子安《こやす》課長は椅子の真横に蹴り出すように脚を組んで、机に肘をついている。

「そんな、判子の押し間違いをちまちまチェックして、なにが楽しいの？　それを間違うとどうなるの？」

「無理な納期での発注は、下請け会社に負荷をかけている可能性があります。取引において強者である発注元は、発注先に配慮する義務があるんです」

「でも、実際急いで納品してもらわなきゃいけないときだってあるんだけどね」

私が口を開こうとしたのを制するように、辻くんが答えた。

「ですから僕たちは、なるべくそういうことのないよう、計画的に仕事を進めてください とお願いしています」

「忙しいんだよ。他部署の粗さがしをしてればいい部署とは違うの」

「お忙しいのは承知しています。ただこれも、重要なことなんです。部署の話じゃないんです、会社が法規に触れたことになってしまうんですよ」

ちょっと怯えさせればどうにかなると思った若造が、そう簡単に挑発に乗らないと気づいたんだろう、子安課長はいったん黙り、声に凄みを利かせた。

「きみがそんなふうにいばれるのは、ただ監査部にいるからってだけなんだからね」

それでも辻くんは静かに「いばってはいません」と返す。

さすがに私も忍耐の限界で、口を出した。

「辻は担当者として、間違ったことは言っていません。多忙なのはわかります。ですが法を守るのも、組織の本業のうちです。そう捉えていただけませんか」

子安課長は、勝田部長が『イノシシみたいな』と評した部長のもとで、ごまをすりにすって今のポジションについたと言われる人だ。部長の方針が変わらない限り、彼も主張を曲げないだろう。

吊り上がった目が、眼鏡の奥から私たちを射抜く。

「横領も止められなかったくせに、大層なことを言わないでほしいよ」

私も辻くんも、ぐっとこらえて口をつぐんだ。若い担当者は事情を知らないらしく、突如凍った空気を察して、目をきょろきょろさせている。

「ああいう地方の部署こそ不正の温床だなんて、常識でしょ。それを放っといて、検挙しやすいところからちまちまとさ」

子安課長はこれ見よがしにため息をついて、不躾《ぶしつけ》に辻くんを指さした。

「きみ、自分がなにをやってるかわかる？　あれと同じだよ、わかりにくい標識のそばで、間違う車を待ち伏せてるひまな警察」

「あのですね——」

私が口を開いたのと同時に、バシンという大きな音が響いた。会議室全体が震えるような音だった。辻くんが、分厚いバインダーを机に叩きつけたのだ。

しんと静まり返る中、辻くんは「あっ、すみません」と恥ずかしそうに笑う。

「手がすべりました」

「きみね……」

私は急いで言った。

「子安さん、例の件をご存じなら、今この会社がどんな状況か、わかるでしょう。社外監査も会計監査も、当然ながらいっそう厳しくなるんです」

「ほかの部署からも、監査対応なんてやってられるかって声、聞こえてきてるよ」

これで終わり、とアピールするように、「ともかくね」と彼が腰を上げた。

「後出しであれはNG、これもNGって、口だけ出すのは楽だろうけどね、現場の仕事を見てから言って」

おろおろしている担当者を手で促し、出口に向かう。ドアの向こうに消える間際、振り返って捨て台詞を吐いた。

「あんたたち、評判悪いよ」

足音が遠ざかっていくのを聞きながら、怒りで頭がくらくらした。

評判が悪いだと？　自分の好き嫌いの話をしてるくせに、なにかを代表したような言いかたしやがって。それでも課を率いる長か。

辻くん、ごめん。せっかくこの会社に入ってきて、一から勉強して、がんばってくれているのに、あんな扱いを受けて。

なんでもなかったような顔ができなくて、ごめん。

隣に座った辻くんが、心配そうにこちらをうかがっているのがわかる。

気にしないで、次に行こう、と言ってあげなきゃいけない立場なのに。

私は上司失格だ。

勝田部長には、決裂しました、という簡単な報告だけした。彼は私の顔色を見て、だいたいなにが起こったのか察したようだった。

一日中、怒りと自己嫌悪にさいなまれていた。

「おい、由岐?」

帰ろうとしていたとき、階段でだしぬけに肩を掴まれ、悲鳴に近い声をあげ、掴んだ本人を驚かせてしまった。高戸さんだ。

「なんだ、その声」

「そっちこそ、いきなり」

「何度も声かけたろ、お前がぼーっとしてたんだよ」

あれ……ほんと? ところでここ、何階?

きょろきょろする私を見て、高戸さんがため息をつく。

「猛然と階段を下りてるから、なにかと思ったぞ」

「ちょっと、頭冷やそうと思って……」

階段の途中に足をかけて、彼はじっと私を観察した。

「なにかあったのか」

「ちょっと」

「飲んでくか？　話、聞くぜ」

見下ろしてくる彼の大きさに甘えたくなって、うなずきかけたときだった。彼が私越しに、だれかを見つけ、呼びかけた。

「子安さん」

廊下を歩いてくる小柄な人影は、子安課長だ。

「やあ、どうした？」

「今やってるキャンペーン、評判よくて、うちの市場でタマが足りなくなりそうなんです、どこかの回してもらえませんか」

「じゃあ、中四国あたりのを回すよ、向こうは反応いまいちだって聞いてるから」

「それ、営業が怠けてるだけですよ、言ったほうがいいですよ」

「営業部さまにはなかなか言いづらいんだよ」

じゃ、と手をかざし合って別れる。私の姿が見えなかったはずはないだろうに、子安さんは最後まで無視を決め込んだ。

……高戸さんには、あんな感じのいい、気さくな態度なんだ。

営業部だから？　男同士だから？　能力があるから？

「すみません、今日は帰ります」

「おい、由岐」

聞こえないふりをして、残りの階段を駆け下りた。

悔しい。情けない。

今日の打ち合わせ、あの場にいたのが私でなく高戸さんだったなら、辻くんにもあんなみじめな思い、させなくて済んだのか。

あんな理不尽な言葉、浴びせられることもなかったのか。

私でなければ。


夜、心の中で感情が渦巻いて眠れる気がしないので、徹夜で映画でも見ようかと考えていると、インターホンが鳴った。

こんな時間に、まともな訪問なわけがない。

無視しようとしたのだけれど、予想外にしつこい。根負けして、応答ボタンを叩くように押した。

「はい」

『あっ、ユキさん、俺です、辻です、すみません』

「え、辻くん？」

息せき切った声に、何事かと私まで慌てる。

『この間お邪魔したとき、忘れ物したみたいで、取りに行ってもいいですか』

「あっ、そうなの？　いいよ、入って」

そう伝え、エントランスのドア解錠ボタンを押してから、部屋を見回した。

忘れ物ってなんだろう。自分以外のものなんて見た記憶、ないんだけど……。

あちこちをなんとなく探してみても、やっぱりない。そうしているうちに、玄関のチャイムが鳴った。

「あの、ごめん、見当たらないの、もしかしたら……」

気づかず捨てちゃったかも、と言おうとしたところで、開けかけたドアがぐいと向こうに引っ張られる。私はつんのめるようにして、たたきによろめき出た。

間髪入れず踏み込んできた身体が私を受け止める。侵入者はそのままぐいぐいと入ってきて、うしろ手に鍵を閉めると、にこっと腕の中の私を見下ろしてきた。

「だまされやすいなあ、ユキさん、気をつけなよ」

黒いパーカーを着た、カジュアルな辻くん。

しばらくぽかんと見上げて、ようやく意味が飲み込めてくる。

「忘れ物って、嘘?」

「嘘だよ」

「なんで……」

「だって、普通に来ても、部屋に上げてくれないでしょ」

そうじゃなくて、なんで来たのって聞いてるんだけど。

「今日、髪の毛つるってしてないね、なんで?」

「あ……」

上げる気力もなかったのだ。帰ってきてそのまま、下ろしっぱなしだし、服も着替えていない。

「ちょっと、疲れてて」

「目が赤い。泣いてた?」

うるさいなあ。

「離してよ」

「離しません。今日は襲いに来たんです」

押しのけようとした手首を難なく掴まれた。もう一方の手は、いまだに私の腰を抱いたまま。玄関先の廊下で、あっさりと身動きがとれなくなる。

「暴れても無駄だよ、こう見えて俺、けっこう力あるんだから」

「どういうつもり？」

「言ったでしょ、これから襲うの」

無邪気な笑顔が近づいてきたと思ったら、唇をふさがれる。息が止まるほど無遠慮に、口を割って入ってきた舌が、思わせぶりに私の舌に絡みついて、すぐ出ていった。

突き飛ばそうとしたものの、腕がまったく動かせないことに気づいて愕然とする。

辻くんがにやっと笑った。

「逃げられないの、わかった？」

「あの、いきなり、なんで？」

動けないというのは、相手が辻くんでさえ、ちょっとした恐怖だ。混乱した頭で、必死に尋ねる。するとふいに、見下ろす目が優しくなった。

「今日、悔しかったね」

目つきと一緒に、拘束も緩くなる。だけど逃げ出すことは思いつかず、そっと触れ合う体温に、気持ちが安らぐのを感じた。

「頭に来たね。ユキさんが悔しがってるのわかって、俺も腹立った」

「ごめんね……」

「俺も、すみません、ちゃんと対処できなくて」

私は首を振る。辻くんが謝ることなんてない。

「今日は俺が言われちゃったから、ユキさん傷ついたよね」

よしよし、と抱きしめて、頭のうしろをなでてくれる。

「……傷ついては、ないよ」

「傷ついたんだよ、俺もユキさんがひどいこと言われると、すごく傷つくもん」

あれ……と自分の心を振り返った。

そうか、あれって、傷ついていたのか。〝悔しい〟でも〝腹立たしい〟でも、いまひとつ説明がつかないと思ったら、そういうことか。

「自分のことなんて、言われても全然平気じゃない？　なに言ってんのこいつ、って思ってれば済むんだけど、大事な人のことだと、そうもいかないよね」

どこか嬉しそうに、辻くんはそう言って私をぎゅうと抱きしめた。

あれ、なにこれ。こんなんでいいの、私。

こんな、辻くんの腕の中で、泣いていいんだっけ。

昨日からずっと、喉につっかえたまま吐き出すことも飲み込むこともできず、苦しかったものが、ふっと消えた気がする。

ねえ、この子の前でこそ、こんな弱い姿なんて見せちゃいけないんじゃなかったっけ。私の背中を見て育つんじゃなかったっけ、この子。

「いい加減、しがみつくとかしてよー、けっこう頼れる身体してるよ、俺」

棒立ちのまま顔だけ埋めている私を、くすくすと彼が笑った。笑い声が、身体から直接伝わってくる。

言われたとおり、向こうの背中に腕を回すと、こっち向いて、という感じに髪をなでられて、顔を上げると予想どおり、キスが来た。

私は泣いていたせいで、鼻をすすりながらのキス。辻くんはそんな私をからかうように、唇に、鼻先にチュッと音を立てて唇を押しつけて、楽しげに笑う。

「さて」

「ちょっと待って、待って」

話はついたとばかり、靴を脱いでずかずかと上がってくる辻くんに、私はなすすべもなく部屋の中に押し込まれた。ベッドにつまずき、うしろ向きに倒れ込む。

すぐに覆いかぶさってくる身体を、渾身《こんしん》の力で突っぱねた。

「さすがにそれは、まだ納得してないんだけど」

「無理やりがいいってこと?」

「ここで好きになんてできない、とか殊勝なこと言ってなかった?」

「そんなこと言ってたら始まらないので」

「あのね……!」

会話する間にも、辻くんの手はインナーの中に潜り込み、背中のホックを探している。しっかり上に乗られてしまって、逃げ出せない。

これはちょっと、待ってほしい。

「そもそも、好きになっていいとも言ってないよ」

「しょうがないので、その件は未承認のまま進めてます」

「それでいいなら、承認なんていらないじゃない!」

「いるよ」

首尾よくホックを外した辻くんが、私にまたがったまま、パーカーとその下に着ていたTシャツを脱いだ。

突然目の前に現れた、きれいに筋肉のついた身体に目を奪われる。

辻くん、だいぶ着やせするんだな……。

裏返った服を直しもせず、床に放り投げると、辻くんは私の頭の横に両手をついて、にこにこと機嫌よく見下ろしてきた。

「承認があるとねえ」

そんなことを言いながら、時おり片手で私の頬をなでる。

「俺が嬉しくなるんだよ」

「……やめてよ」

「あげたくなっちゃう？」

「うん」

ふくれっ面なのを承知で正直に言うと、彼が嬉しそうに笑った。

「かわいくなってきた」

「なんでこんなこと、するの？」

「ユキさんが、人恋しいって言ってる気がするから」

「私のせい？」

「そう」

ぬけぬけと言い放ち、たっぷりしたキスで私の唇を濡らす。温かい舌を絡めながら、再び私の服に手をかける。

「ねえ……」

「いやだったら大声出していいよ」

「電気消してって言おうとしたの」

「本気？　かわいいね」

喜ぶだけ喜んでおいて、消す様子がない。

「ちょっと、電気」

「満足するまで見たらね」

シャワーも浴びさせないで、冗談じゃない。

そして、そんなことを言うわりに、おなかや腰にゆっくりとキスを降らすばかりで、なかなか全部を脱がそうともしてくれない。その代わり、服の中を這う手は好き放題に動きまわる。私はその指から逃れようとして、いつの間にか身体を丸めていた。

その身体をうしろから抱いて、辻くんが首にキスをする。

びくっと身体が反応した。

「だれかにいてほしかったんでしょ」

「……だれでもいいのかもしれないよ」

「それでもいいよ」

「つけ入る気？」

「そうだよ」

悪びれない声に、陥落《かんらく》した。

背後から絡みついてくる腕が、一枚、また一枚と脱がせていく。最後の一枚がベッドサイドに落ちたとき、満足げな吐息が耳のうしろをくすぐった。

遮るもののなくなった私の肌を、熱い手が這う。ためらいがちとも、傍若無人とも感じる、不思議な手つき。

私の弱点であることに気づいたんだろう、うなじから耳にかけて、何度も舌が這って、甘く噛む。そのたびに私は、身体に回された手をぎゅっと握って震える。

背中に感じる鼓動が速まってきて、自分の心臓と溶け合う。

「ユキさん……」

きつく私を抱きしめる彼の、かすれた声。

こんなときですら、私への敬意を忘れずにいてくれる、彼の気持ちが嬉しくて、ありがたくて、また泣けた。

いいんだっけ、これで。いいのかもしれない。

こんなのも、ありなのかもしれない。私が自分を許せさえすれば。

ぐちゃぐちゃと頭の中で考えているのがばれたのか、いきなり身体をひっくり返されて、噛みつくようなキスをされた。

髪に差し込まれた指が、痛いくらい頭に食い込む。私も彼の首に抱きついて応えた。

貪《むさぼ》られるキスに喉が反って、枕に頭が沈む。次第になにも考えられなくなり、彼の策略に完璧に乗ってしまったことを、今ごろ実感した。


「ユキさんて、たまにすき間が見えるんだよね」

暗くした部屋で、辻くんがそう言った。

もどかしいほどゆっくり動く彼に、身体の内側をこすられる。

ゆっくり、ゆっくり。じれったさでおかしくなりそうで、私は声も出せない。

「埋めてほしがってるように見える」

両手で私の頭を挟み、髪を梳いては頬をなでて、汗を優しく舐めとるようなキスを顔中に降らせる。上擦った声をあげそうになるのをこらえた。

「ほんとは、俺じゃない人に埋めてもらいたいのかもしれないんだけどね」

そう言って意地悪く、一瞬だけ激しく揺さぶる。

「あ」

「俺はそこに先に着いたから、入ってっちゃうことにしたんだ」

彼の腕に爪を立てて、必死に耐えた。

声だけは甘く、かわいく、ねえユキさん、といつも呼びかけるときみたいに、妙に清潔で。それがかえって、一方的にいじめられているような感覚に火をつける。

「俺、この恋はそんなふうに戦うって決めたんだ」

私はもう、されるがまま。

年上の余裕も上司のプライドも、見せる隙すら与えてもらえない。

意外なほどたくましい腕と、胸と、従順なふりでそこそこ勝手をする辻くんとの夜に、深く溺れた。


恋なんて。

そんな言葉、だれかが口にするの、久しぶりに聞いたよ、辻くん。


「あっ、ごめん、起こしちゃった?」

ぼんやりと薄明るい視界に、衣擦れの音。

パーカーを着た辻くんが振り向き、片手をこちらに伸ばす。

「まだ五時だよ、寝てていいよ」

頭をなでられる、優しい感触。

「……帰るの？」

「うん、出社前に一度家に戻らないと」

そうか、今日は平日か。

温かい手が、ブランケットから出た肩に触れ、愛おしむみたいになでさする。

「会社でね、ユキさん」

ふわっと頬にキスをして、彼は帰っていった。

私はとろとろと夢との境目を漂いながら、時間になればアラームが起こしてくれるだろうと信じて、再び幸せなまどろみの中に戻った。

目覚めはすっきりと爽快だった。

素っ裸のままベッドを出て、脱ぎ散らかした服を拾いながらバスルームに向かう。

シャワーを浴びていると、指先に触れる肌の具合が、確実にいつもよりいいことに気づいた。女ってほんと現金だ。

髪を乾かしてメイクをし、なんとなくスカートで行きたい気分になり、スエードのタイトな一枚を選ぶ。ジョーゼットのブラウスを合わせ、厚手のジャケットを羽織ることにした。さらにストールを巻けば、十一月の通勤ルックのできあがりだ。

まあいいでしょう、と姿見の前で納得し、外に出た。

青空が優しく目を刺す。快晴だ。

私はわりと、こういうことを、自分に許してやることができないたちだと思ってきた。年下に甘えたりとか、ましてやそれが同じ会社の同じ部署で、直属の部下だったりなんて、考えられなかった。

正直言えば今でも考えられない。

だけどどうしてか、心がすとんと楽になった自分がいる。

辻くんが言ったように、埋めてほしくて仕方ないすき間とやらが埋まって、満たされたんだろうか。

あれこれ考えていると、電車での道中も一瞬だ。またたく間に会社に着き、デスクに行ったら辻くんがもういた。

「おはよう」

「おはようございます」

片手で頬杖をついてPCを眺めていた彼が、ちらっと目を上げて挨拶する。私も席につき、メールチェックを始めた。

「うん、いいな。専門的すぎず、大仰すぎないが軽くもない。頃合いを見て、各部に案内を出そう」

講習会のプランを見て、勝田部長が満足げにうなずいた。

ほとんど辻くんがまとめてくれたもので、私がしたのは手直し程度だ。彼はこういう、数字や質量で測れない「こんな感じなら受け入れられそう」というバランスを見つけるのが本当にうまい。

私は部長席の正面から資料を指さし、補足をした。

「手始めに年内に実施して、一、二月は月の中ごろを狙って開催しようかと。どこの部署もそんなに立て込んでいないタイミングですから」

「妥当だろうな、部長連中にも声かけとくよ」

順調なすべり出しに、辻くんが笑顔を見せる。

その腕を、「がんばろうね」と叩いたときだった。彼がびくっと震えたのだ。そのうえ、自分でもしまったと思ったらしく、目に見えてうろたえた。

さいわい部長は資料を読んでいて、気づいていない。

私は彼をうしろに押しやり、「また進捗がありましたらご報告します」と告げてその場をあとにした。振り向いたら、彼はどこかに消えていた。

「ちょっと来なさい」

定時も近くなったころ、男性用トイレの前でようやく辻くんを捕まえた。まさかこんなところで待ち伏せしているとは思わなかったんだろう。仕方なかったのだ。彼は一日中、私を避けていた。目が合えばそらし、声をかければそわそわし、肩でも叩こうものならしょうもない言い訳をしてその場を逃げ出した。

手近な会議室に引っ張り込んで、キャビネットの前に立たせる。

「ルール違反だよ。もっといつもどおりにしてて！　あれじゃ、勘ぐってくださいって言ってるようなものじゃない」

「すみません」

「気まずいのはわかるよ。だけどなにも、あそこまで出すこと……」

「気まずいとかじゃないです！」

急に大きな声を出されたので、びっくりした。

「あ、すみません……」

慌てた声で、必死に否定する様子を見て、ぽかんとしてしまう。

辻くんが、真っ赤だ。

「どうしたの？　恥ずかしいの？」

「そんな純情な気持ちだったら、こんな肩身狭くないんですけど」

「じゃあ、不純な気持ちなの？」

顔をそむけ、さらに腕で隠し、「まあ、そうです」とぼそぼそ答える。

「よくわからないよ。説明して」

「要するに、あの……ぶり返してるっていうか」

「ぶり返してる？」

洗面所から出てきたところをひっ捕らえたせいで、彼はまだハンカチを握ったままだ。その右手をどかすと、なんとも惨めで不本意そうな涙目が現れた。

「不用意に触らないでもらえます？」

「そう言われても……」

そこではっと気づいた。〝ぶり返す〟って、そういうことか。なら、この熱い手のひらも火照った顔も、私を避けていたのも納得がいく。

手を離すと、彼は気まずそうに押し黙り、両手をこすり合わせた。

「今朝、家に帰ってからも、あれだったんですけど、会社に来てユキさんを見たら、なんていうか……いろいろよみがえっちゃって」

「やめて、いいよ、いいよ」

今度は私が赤くなる番だった。

「説明しろって言ったの、そっちでしょ？」

「だから、もうわかったから、いいって」

一日、そんな頭の中で過ごしていたっていうのか。なんなの、このくらいの年の子って、もっとあっけらかんとしているんだと思っていた。

「そういうわけなんで、ちょっと、ひとりにしてもらっていいですか」

「あの……いつもそうなの？　その、これまでもっていうか」

彼の目が、心外だと言いたげに見開かれる。

「そんなわけないでしょ？　だから自分でも困ってるんじゃないですか」

「ご、ごめん」

「とにかく、ひとりにしてください。すぐ戻るんで」

なにか言える立場でもなく、すごすごと会議室を出た。

顔が熱い。なにこれ、反則だ。ゆうべの強引さはどこへ行ったの。人の話も聞かずにずかずか上がり込んできた、あれはなんだったのよ。

ずるいよ。

こっちこそ、困る――……。

脱いだ自分のパンプスを踏んで、転びそうになる。

危ういバランスのまま、かき抱くように抱きしめられて、めちゃくちゃにキスをされる。部屋にはまだ、昨日の辻くんの香りが残っているというのに。

会社帰り、切羽詰まった表情の辻くんにつかまり、「今日も、あの」と言われたのが始まり。お互いに一瞬沈黙したあと、消え入りそうな声で、だけどそれなりにきっぱりと「……いいですか」と聞いてきた。

まさか、翌日に二度目が来るなんて。

それも、昨日よりよっぽど余裕がない。玄関からベッドまでの間、忙しなくキスをしながら、服を脱がせ合う。

辻くんのスーツをハンガーにかけないと、と現実的なタスクが頭をよぎったものの、勢いに押されて、実行するどころじゃなかった。

ふたりぶんの体重でベッドがきしむ。残った下着をはぎ取るようにして、裸で抱き合ったところで、ようやく辻くんが、詰めていた息を大きくついた。

ぎゅっと抱きついて、私の耳を噛んでは舐めて、まるで犬みたいだ。

「痛いよ」

「すみません」

「謝らなくていいけど」

思っていたより柔らかい髪に、指を差し込んでくしゃくしゃと、それこそ犬みたいにかわいがる。辻くんは私の首筋に顔をすりつけ、さっきのお詫びのように、耳に優しくキスをした。

だけど柔らかい仕草の奥の、息は燃えるように熱く、荒い。

我慢しなくていいよ、と伝えると、彼は少し考え込んでから、なにかを決心したみたいに唇を軽く噛んで、突然、奪い取るように私を抱きしめた。

重なってくる身体と、「ユキさん」とささやく切なげな声。揺すられながら、「ん」と返事をしても、続きは返ってこない。

〝好き〟という言葉を、我慢してくれている気がした。

だけど、そこらじゅうから溢れていて、意味ないよ、と教えてあげたかった。

「言われてばかり、振られてばかりの人に、恋なんてあったの？」

ひととおり貪って、だいぶ荒ぶりが消えた辻くんの顔が、枕に半分埋もれた状態でこちらを向いた。

「あったよ。俺の初恋は、中二のときの新任の先生」

「それはちょっと生々しいなあ」

幼稚園のなにちゃん、くらいにしておいてほしい。

「でも、なにもなかったよ？」

そりゃそうだ、あったら恐ろしい。

「年上が好きなの？」

「絶対言われると思ったけど、そんなことないです」

「高校のときとか、恋愛した？」

「うーん……」

ぺたりとうつぶせて、目だけ動かして考え込む。肩から腕にかけてなだらかに盛り上がる筋肉、骨ばっていない肩甲骨。何度見ても美しい、スポーツマンの身体だ。

「してないかも。もしかしたら今してるのが二度目」

「調子いいことばかり言わないで」

耳をつねってやると、くすぐったそうに顔をしかめて笑う。

「だってさ、思春期の淡くてぼやっとしたやつなんて、気づいたら消えてたり、いつの間にか相手が変わってたりして、恋だかなんだかわからなくない？」

「今はわかるの？」

「わかるよ」

自信ありげにそう言うと、辻くんは私の手を取って、自分の胸に当てた。平然としゃべっているのが嘘みたいな、速くて強い鼓動。

「ね？」

どうだと言わんばかりの表情に、笑ってしまう。

「『ね？』って言われてもね」

「嘘だよ、わかったくせに」

なんだこの、甘ったるい会話。

くすくす笑いながら、額をくっつけ合って、たまにキスをする。温かい身体は、すぐに熱さを取り戻して、そこからはまた、無言の貪り合い。

辻くんのまっすぐな求めに引きずり出されるようにして、私の欲望が表面化する。慎ましやかなふりをしようとしても、そのたびに見破られ、あっさり暴かれる。

そんな私を〝かわいい〟のひと言で受け入れる辻くんに、末恐ろしさすら覚えながら、彼のきれいな背中に、文字どおりの爪痕を残した。

＊　＊　＊

「ユキ、聞いたか」

「はい？」

他部署に用があってフロアを出たところで、勝田部長に会った。

まわりにだれもいないのを確認し、声を低める。

「例の、リサイクル部門の件な、全額返却を求めて、容疑のかかった管理職を起訴するらしい」

「全額って……数千万に上ってるって話では？」

「そう」

「その人が払うとしたら少なくとも一部は給与からでしょうし、不毛ですね」

「まさにリサイクルだよなあ」

つまらない冗談だ。

「こういうことを防ぐためにも、検収のルールを徹底したいですね」

「だな。今回の件はじきに公になるだろう。講習会でも事例として出してもいいかもな。いや、まだ早いか？」

「資料などには書かず、口頭で説明するのがいいと思います」

「そうだな。監査役とも相談しておく」

腕組みをして、思案するように宙に視線を泳がせた部長が、ふいに私を見た。

「お前、なんかあったか」

「なんか、とは」

「セクハラって言うなよ？」

「部長にそんなこと言いません」

「男できただろ」

「セクハラですね」

冷たく返した私に、「わかってるよ」とむくれる。

「別に悪いってんじゃない。雰囲気が明るいし、落ち着いた感じがするから、その調子って言いたかっただけだ」

「なら、それをそのまま言えばいいんですよ」

「相手は辻の言ってた、アウディの男か？」

予想もしなかったところに話が飛躍し、言葉に詰まった。部長がにたりと笑う。

「そうかそうか。車と煙草をころころ変える男には気をつけろよ。浮気性だからな」

「部長もそういうタイプじゃありませんでした？」

「何事にも例外はある。おっ、辻だ」

ぎくっとして振り向くと、フロアから出てきた辻くんが、立ち話中の私たちを認めて、なんの話かな、みたいな顔をしているところだった。

「講習会の件な、反応いいぞ。申し込みが多そうだから、交通整理も丁寧にな」

「ほんとですか、がんばります」

「違うところもがんばれよ。お前がぽやっとしてるから、こいつ、だれかが先越したみたいだぞ」

言いながら、肘で私を小突く。よりによって辻くん相手にその冗談か、といやな汗が背中を伝った。辻くんはきょとんとして「えっと？」と首をかしげている。

「どうやら相手ができたらしい」

「えー、ほんとですか」

「こいつ、なんでかそういう気配がなくてなあ。俺も内心、働かせすぎかと心配してたんだが、よかったよ」

「部長、私、なにも言ってないんですけど……」

私の唸り声を無視し、部長はわははと笑っている。

「ユキさん、すてきですもん、お相手くらいいますよ」

「お前、けっこう世渡り上手だな」

「本心ですから。相手なんて、ひとりじゃ済まないかもですよ」

部長は「そりゃ、うらやましいな」と笑い飛ばし、フロアに入っていった。

じろっと辻くんをにらむ。彼は反抗的な態度で目をそらした。

「なによ、さっきの嫌味」

「嫌味じゃないです。ただの事実」

「言いたいことがあるなら、はっきり言いなさい」

「もう言ったでしょ」

廊下を歩きながら、小声で言い争う。行き先が違うため、階段で別れるとき、彼がこちらを振り返って言った。

「俺は、高戸さんに勝たないといけないんだよ。いつだって気持ち的には戦々恐々としてるんだからね」

少し階段を下りたところから、ちょっとすねた、だけど確実に本気も入っている目つきで見上げてくる。階段を上がりかけていた私は、思わず足を止めた。

「……今でも？」

「今でもだよ」

私、高戸さんとはなにもしていないって、言ったよね。

それでも今、勝ったとは思ってないの？　どうして？

……決まっている。私が辻くんに、なにも返事をしていないからだ。

「焦らなくていいよ、俺、急かす気はないから」

「……よく言う」

ふふ、と辻くんが笑う。私のいる上り階段の手すりに腕を置いて、そこに顎を乗せて、じっとこちらを見つめてくるので、逃げたくなった。

「もしかしたら、俺は今、たまたま一歩先を行ってるのかもしれないけど」

そう言うと目を伏せ、意味ありげに視線をそらす。

「時間の問題だって思ってるよ」

気づいたら、私はひとりで階段の途中に立ち尽くしていた。


「ユキさん、これ、見ていただけますか」

「ん、ありがとう」

手を伸ばし、向かいの席から差し出された出力を受け取った。

社内に通知する案内文書の書式に、辻くんが情報を流し込んでくれたものだ。ざっとチェックした限りでは、問題はない。

「配布先がいくつか抜けてるから、埋めとくね。あとで見ておいて」

「すみません。関連部署名とか、いまだに把握しきれてなくて」

「無数にあるし、所属長もころころ変わるしね」

総務部が出しているリストは見づらいし、これだけは本当に、慣れるしかない。配布先欄にいくつか名前を足して、明日部長に確認してもらおうと、もう帰ってしまった彼の机に出力を置いた。

上の人間ほど早く帰るべし、というのは勝田部長のモットーだ。というわけで私も、辻くんの様子を確認して、帰る支度をする。

「お先に。無理しないでね」

「お疲れさまです、俺もすぐ帰ります」

会社を出たとき、そうだ、本屋に寄ろうと思い立った。隣のビルには、都内でも最大級クラスの書店が入っている。

三十分後、私は大型書店の魔力に捕らわれ、ビジネス書を求めに来たはずが、小説や雑誌の棚もチェックして回るはめになっていた。

無心にうろうろしていたら、人にぶつかってしまった。

「あっ、すみません」

「や、こちらこそ、あれ？」

聞き慣れた声に、お互い相手を確認して、目を丸くする。

「辻くん」

「ユキさん」

また会ってしまった。

「……買い物？」

「はい、手帳を見たくて」

会社ともプライベートとも言えない半端なシチュエーションで、どんな態度をとるべきか迷う。時計を見ると、もういい時間だった。

「なにか食べてく？」

「え」

「あ、別に無理にとは」

「いや、無理じゃないです、全然。でも、あの、それより」

言わんとしていることは、すぐにわかった。「いいよ」と伝えると、彼が情けなさそうに「もう……」と顔を歪め、手で覆う。

「ほんとごめんなさい。どうしたんだろ、俺。これじゃユキさんが疲れちゃうよね」

「おかげでよく眠れてるから、大丈夫」

赤らんだ耳をこすりながら、彼が「あ、でも」となにかに気づいた。

「俺、明日早いんだった。外出先に直行で」

「そっか。じゃあまた今度にしようか。今からだと慌ただしくなっちゃうし」

「いや、それもいやです」

正直だ。うーんと思案していた彼が、ふとこちらを見た。

「ユキさん、俺の家に来ません？」

「えっ？」

「それなら、電車終わったあとでも送ってってあげられる」

「辻くんちって、どこだっけ」

「清澄《きよすみ》のほうです、ここからだと大江戸線《おおえどせん》」

そこそこ別方向だ。いつもそんな場所から来てくれていたのか。

辻くんの部屋。

なんだろう、行ってしまったら、もう後戻りできない領域に入ってしまうような気がする。すでにもう、十分戻れない場所にいることも、わかっているのに。

だけど、今どうしたいのかと問われれば、心は決まっていた。

「うん、行く」

「やった」

彼は嬉しそうに笑って、「手帳見てきますね」と上のフロアへ階段を上って行った。

運動神経のよさそうな足取りを見ながら、私はどこへ行くのかなと考えた。

いつまで、どこまで流されていくつもりなんだろう。大人ぶって、行きたいところへ行かせてあげているふりなんてしてして。自分で漕ぐ勇気がないだけのくせに。

辻くんはすぐに戻ってきて、「お待たせ」と隣に並んだ。

駅を目指して歩き出す。

「うちのまわり、いい飲み屋が多いんだよ。どこか入ってごはんにしよっか」

「うん」

「どうしたの？」

改札をくぐり、ホーム階へのエスカレーターに乗ったとき、辻くんが振り向いた。

「どうしたのって？」

「なんか、静かだよ」

鋭い。私は半分だけ、本音を打ち明けることにした。

「緊張してるの。男の人の部屋とか久しぶりだから」

「あは、かわいい」

ビジネスマンの人波の中、ひと際目を引く、爽やかな容姿が明るく笑う。

ホームに着くと、ちょうど電車が到着したところだった。開いたドアから溢れ出てくる人の群れと入れ替わりに乗り込む。

中はすいていたけれど、座れるほどではなかった。

ドアの横に立つ私の手を、辻くんがそっと握る。

「ユキさんは、考えすぎなんだよ」

ぽつりとつぶやく、優しい声。

ほんと、鋭い。

これ以上甘やかさないで、と心の中で祈った。

ごめんね

「あっ、ごめんなさい、ありがとうございます」

「いや」

「あら？」

落とした小銭を受け取ったとき、相手がだれだか気づいた。向こうも、こちらがだれだかわからず手を貸したらしい。

「なんだ、由岐か」

「なんだってことないでしょう」

高戸さんだった。

「だれだと思ったんです？」

「きれいなお姉さんかなと思ったんだよ」

「すみませんね、私で」

久しぶりに会ったのに、失礼な。

拾ってもらった小銭をカウンターに置き、会計を済ます。昼食をとる時間がないので、席で食べようとパンを買いに来たのだ。

いつもどおり早々と食べ終えたところらしい高戸さんは、私の憎まれ口を気にもせず、しれっと微笑んだ。

「いや、実際、きれいなお姉さんだったよ」

「……また出張に行ってました？」

「うん、エリアをぐるっと」

彼の率いる営業一課は、関東と東北の一部を受け持つ部署だ。課長となった今、ウィング時代ほど飛び回ってはいないものの、現場主義の彼は月の半分ほどを出張で過ごす。

「そうだ、由岐さ」

「ユキさん、コーヒー、ブラックでいい……」

L字のカウンターの折れた先から、顔を出したのは辻くんだった。カフェコーナーのカップを両手に持って、固まっている。

高戸さんが、「やあ」と親しげに挨拶をした。辻くんは条件反射で一瞬嬉しそうな顔になったあと、はっと表情を引きしめて私のそばに寄ってきた。

「……こんにちは」

堅い声で挨拶して、私を背中に隠すように立つ。

その様子を不思議そうに見ていた高戸さんは、いったいどんな目を持っているのか、私たちの関係の変化に気づいたらしい。「へぇ」と眉を上げ、私たちを交互に見る。

私はいたたまれず目をそらした。

「珍しく、由岐の立ち直りが早いと思ったら」

「思ったら、なんですか」

辻くん、噛みつきすぎだ……。

案の定、高戸さんは楽しそうに笑い、片手をポケットに入れる。

「アドバンテージはそっちにあるんだ、いきり立つなよ番犬くん」

「なんでナイトから犬に格下げされてるんですかね……」

「これでも感謝してるんだぜ。落ち込んだ由岐を、なぐさめるひまもなく出張に出なくちゃならなくて、気になってたんだ」

「僕は別に、高戸さんの代わりをしたわけじゃないですよ」

「由岐がそう言ったのか？」

生きた心地もしない私をよそに、ふたりは水面下で火花を散らし合っている。

いや、正確に言うと、やっぱり辻くんが遊ばれている。

たちの悪い切り返しに、辻くんはなにも言えず押し黙った。その目が一瞬、救いを求めるように私を見る。

うわ、わ……。代わりになんてしてないよ。してない。

「俺はお役御免か？」

高戸さんが、さらに人の悪い問いかけを投げた。笑いを湛えた目が、私を見ている。

「……そんな」

「ならよかった。さっきの続きなんだけど、お前を連れていきたい店を見つけたんだ。今度誘う」

辻くんの手の中のプラスチックカップが、ペキ、と音を立てた。

「僕の前で、よくもそんなぬけぬけと……」

「ああごめん、番犬の許可がいるんだったか」

「その番犬っていうの、やめてもらえません？」

まさしく犬みたいに素直に反応する辻くんを、高戸さんがからかうように笑う。

「気に食わないんなら、行くなと由岐に言えばいい」

「言いませんよ、そんなこと」

「由岐が困るから？」

「そうです」

「つまり、由岐は行きたがってると、きみも思ってるんだな」

カウンターに体重を預けた彼は、余裕の表情だ。一方の辻くんは、両手のカップを握りしめて、言葉をなくしている。

高戸さんが静かに言った。

「俺も思ってる」

その視線は、私に向けられていた。

なにか言うべきなのに、ひとつも言葉が出てこない。

高戸さんがカウンターから離れ、私たちの横を通りすぎ、食堂を出ていった。

すれ違いざまに肩を叩いたりしなかったのが、愉快そうな笑みを絶やさずにいた彼の、内心の本気の度合いを表している気がした。

昼食時の食堂の喧騒から、取り残されたように立ち尽くす。

やがて辻くんが「戻りましょ」と力なく微笑んだ。

＊　＊　＊

「歩くの好きなの?」

「そうでもないけど、なんで?」

「よく、歩こうって言いだすから」

金曜日の夜、辻くんの部屋に泊まりに来た私は、日付もとうに変わったころ、「少し歩かない？」と誘い出され、月夜の下をこうして歩いている。

会社から帰ってすぐに一度抱き合って、シャワーも浴びた。さらさらした肌からは、辻くんの家のバスルームの匂いがする。

軽く絡ませるようにつないだ手。部屋着の上にダウンジャケットを着て、マフラーを巻いた辻くんは、白い息を吐きながら「ふふ」と機嫌よく笑った。

「俺、手をつなぐのが好きなんだよね」

「かわいらしいこと」

「別におかしくなくない？ へたしたらキスより相手を選ぶじゃん。挨拶代わりにもしないし、ほんと特別な行為だと思わない？」

言われてみると、そうかもしれない。手を握り合うという点では握手と同じなのに、全然違う。心の近さを感じる行為だ。

「高戸さんから、誘い来た？」

「今その話？」

「あ、汗かいてる」

手をふりほどこうとしたけれど、阻まれた。

はじめて抱き合ってから三度目の週末。その間、私たちはほとんど毎日のように、どちらかの部屋で夜を過ごした。泊まることもあれば、夜のうちに帰ることもある。

十二月に入り、空気は急に、ぴんと張り詰めた冬の匂いがする。

「で、誘いは？」

「……来たよ」

今日の昼間、会社にいる間に、メッセージが来た。

「いつになったの？」

「来週の水曜」

「今みたいに俺が聞かなかったら、いつ、なんて俺に言うつもりだったの？」

「意地が悪いよ」

つい不機嫌な声になった私を、辻くんがくすくす笑う。洗いざらしの髪で、マフラーをくるくると巻いてそんな顔をしていると、学生みたいに見える。

「水曜かあ。俺、その日は定時ダッシュしよ」

「どうして？」

「ユキさんが〝お先に〟なんて言って出ていくとこ、見たくないもん」

横顔は、いつものようにほがらかに微笑んでいる。だけど私の右手を包み込むように握る指に、さっきよりも力が入っているのが伝わってくる。

ごめん、なんて。言うなら行くなって話だ。

軽く鼻をすすったら、辻くんが自分のマフラーをほどいて、私の首に巻きはじめた。

「いいよ、辻くんのほうが薄着だよ」

「俺は寒いの、けっこう平気だから」

大通りを少し入ったこのあたりは、住宅街の中に隠れ家的なカフェや居酒屋のある、静かな通りだ。街灯の下で足を止めて、辻くんの香りのするマフラーが、顔の周りを温かく覆うのを待った。

「コンビニに寄って帰ろっか」

「おなかすいたの？」

「うん、あったかいもの食いたい気分」

「やっぱり寒いんじゃない」

辻くんは「そんなことないよ」と笑って、マフラーごと私の顔を引き寄せた。

そっと重なる、優しい唇。

「ユキさん、うちの匂いがする」

「私もさっき、同じこと考えたよ」

へえー、と嬉しそうに言って、再び私の手を取り、歩き出す。

「深夜に歩くの、楽しいよね。つまらない話、たくさんできて」

「わかるかも」

楽しい。そんなことを思う資格もないとわかってるのに、私ね、楽しいよ、辻くん。

他愛もないやりとりで、ふわふわ浮かれて温かくなる。こんな気持ち、忘れていた。

辻くんはきっと、楽しいばかりじゃないはずだ。

私が楽しいのは、なにも返していないから。くれる愛情を一身に浴びているだけなんだから、そりゃ楽しいに決まっている。

ごめんね。

のんびり歩く横顔を見つめながら、心の中で懺悔《ざんげ》した。

楽しいよ、ごめん。

＊　＊　＊

「岡本さん、おはようございます。ちょっとご相談が」

「おはよ、なに？」

週が明け、火曜日の朝、私は岡本さんの席へ行き、隣の空いている椅子に腰かけた。

「講習会のリハーサルをしたいと思ってて。間山さんが聴衆役をやってくれるので、内容のすり合わせと、あとは所要時間の確認を」

「あ、助かる。いつ？」

「このあたりで会議室を押さえているので、お時間とれそうな日程を二、三箇所教えていただいていいですか？」

スケジュール表を見せながら、ペンでぐるっと該当箇所を囲んでみせる。

「辻くんが来たら、全員の予定と合わせて調整してもらうので」

「了解。これちょっと借りていい？　メールで返すよ」

「お願いします」

「辻くんといえば、大丈夫なのかな？」

「え？」

ぎくっとしてから、自分をたしなめた。

岡本さんがなにか説明しかけたとき、ドアが開いて、当の辻くんが「おはようございまーす」と入ってくる。私も「おはよう」と返した。

ついさっきまで一緒にいたというのに。

ゆうべ、彼は私の部屋に泊まった。今朝は出社をずらす目的というよりは、彼なりの習慣で、辻くんのほうが早くに出ていった。朝イチのカフェで時間を過ごし、周囲のビジネスマンの会話やネットから情報収集するのが好きらしい。

営業だった名残が垣間見える習慣だ。

デスクにつく彼に、岡本さんが声をかける。

「辻くん、よく遅れなかったね」

「え？」

辻くんと岡本さんの席は、隣り合う島の、ちょうど背中合わせの位置にある。上着を椅子の背にかけながら、辻くんが振り向いた。

「大変だったでしょ。大江戸線の遅延なんて珍しいから、みんな朝からその話だよね」

辻くんは私よりよっぽど冷静で、「しまった」という顔を、変に取り繕うことをしなかった。当然ながら周囲のまなざしは、ねぎらいから好奇の色に一変する。

「あれえ？」

「今朝はどこから来たの、辻くん」

「彼女、今いないんじゃなかったっけ」

「ネクタイ、昨日と違うじゃないですか、飲んでて終電逃したって感じじゃ、ないですよねえ」

最後のは間山さんだ。さすが女性の目は鋭い。

座りそびれた辻くんは、立ったまま集中砲火を浴びている。私は冷やかしに参加すべきか判断できず、完全に思考停止した状態で見守っていた。

以前の私なら、こういうときどうしたんだっけ。

一緒にからかった？　それともかばう側に回った？

辻くんは目をあちこちさせてから、照れを残しつつもにやりとしてみせる。

「僕だって、お年ごろですんで」

開き直ったコメントに、わっと囃《はや》し立てる声が上がった。

「えー、どこのだれ？」

「つきあいたてってことだよね？」

澄まし顔で「内緒です」とあしらい、辻くんは席についた。これで騒ぎが収束するかと、胸をなで下ろしたときだった。

「そういえば由岐さん、昨日の帰り、辻くんと一緒だったじゃない」

岡本さんが言った。まったく他意のない声だったけれど、私は息をのんだ。

「なんか感じなかったの？　浮かれた気配とか」

「ええと……、残念ながら」

「鈍いなあ」

「もしかして、由岐さんが相手なのかも」

「そこつなげる！」

「辻くーん、由岐さんは隠れファン多いんだよ。恨まれるよ」

私はもはや、自分が笑えているのかすら自信がなかった。辻くんはみんなと一緒になって笑い、「えー」と照れたふりをしている。

「どうします、ばれちゃいましたよ、ユキさん」

無意識のうちに脳が正解を探り、「油断したねえ」なんて冗談めかして言えた自分に、心の底から称賛を贈った。

騒ぎがひと段落したあとも、手の震えが収まらなかった。

対面の席の辻くんは、いつものペースに戻っている。

そのことがますます、私を打ちのめした。

——浮かれていたんだ、私。

気を抜いたつもりはない。会社の人の目がありそうなところは避けて会ったし、仕事中に含みのある会話をしたりもしなかった。

だけどそれだけだった。たかがあんな軽口にすら、動揺してまともに乗り切れず。

その程度の覚悟だったの？

私が守るべきは、自分だけじゃない、辻くんもなんだよ。

彼こそ、入社したばかりで上司と、なんて、マイナスしかないんだよ。

なにをやっているのよ、私。


――彼の表情から察するに、私はそこそこ長いこと、ぼんやりしていたらしい。

はっと我に返った私に、高戸さんがにやりとする。

「別に、ほかの男のことを考えるなとは言わないが」

「そんなんじゃないです」

「意外だな、由岐が、こんなに早く落ちるとは」

「やめて」

彼が連れてきてくれたのは、都心の繁華街から少し外れたところにある、一戸建ての住宅を改造したレストランだった。ご夫婦でやっているお店で、十分におもてなししたいからと席数は極端に少なく、予約は半年先までいっぱいなんだとか。

「よく予約できましたね」

「空きが出たら教えてくれって、ずいぶん前に頼んであったんだ」

「前に来たときは、だれと？」

「取引先のお偉いさんで、趣味のいい人」

個室内の照明は、料理がおいしく見える最低限のレベルに落とされ、テーブルの上にはランプの炎が揺らめいている。石のプレートに載った、ひと口サイズのフィレステーキをお箸でつまみながら、なんだ、と勝手に拍子抜けした。

もしかしたら、奥さんの名前が出てくるのかと思ったのだ。

高戸さんが私のグラスに、残ったワインを全部注いでくれる。

「もう一本いける？」

「うん」

「頼もしいな」

「飲みたい気分なの」

「なにかあったのか」

呼び鈴に応じて姿を現したご主人に、同じのを、とオーダーし、高戸さんがテーブルに頬杖をついた。『難点を言うなら全席禁煙ってとこだ』と入店前にぼやいていたとおり、煙草を吸えないので、若干手持ち無沙汰に見える。

「別に」

「あのピュアな好青年との、のろけ話でも聞かせろよ」

「悪趣味にもほどがあるんじゃない？」

「勉強熱心と言えよ。ちょっと目を離した隙にこれだもんな」

「牙の話、しましたよね？　まじめに聞かないから」

「悔いてるよ」

冗談めかしてはいるものの、会話の内容はいつになく際どい。私はなんとなく緊張していた。気をゆるめたら、なにを言うかわからない自分がいたからだ。

「仕事はどうだ」

「講習会が始まるから、バタバタしてます。辻くんのはじめての、まとまった仕事」

「彼は、監査を出たら営業に来てもいいかもな。ああいう、押しの強さがあっても嫌われないっていうのは、ある種の才能だ」

「そう、それなんです」

思わず大きくうなずいた。

辻くんは、決して目立ちたがりではないけれど、控えめかというと違う。必要な主張は物おじせずにするし、発言だけ聞いていたらひやっとするような率直さを持っている。なのに不思議と反感を買わない。

「たぶん、外見がああいう感じだから、普通にやってたらなめられるんだろうな。あの振る舞いは、彼なりの処世術なんだろ」

「聞いてると、いきなり殴りつけてくるような気難しいご老人とか、金の亡者みたいなおばさまとか、なかなかの猛者《もさ》を相手にしてきたみたいで」

「かわいらしい負けず嫌いが育つわけだ」

楽しそうな笑いは、余裕から来るのか、それとも純粋に、期待できる若手を目にしたときの喜びから来るのか。

「今日は、彼には言ってきたのか」

「ふたりして、同じようなこと聞くのね」

宣言していたとおり、辻くんは今日、定時になるとすぐに姿を消した。

ゆうべは私の家で過ごした。泊まることもできたはずの彼は、なぜか夜のうちに帰ると言い張り、玄関先まで見送った私に、噛みつくようなキスをしてきた。

『明日の朝は、高戸さんのこと考えながら服選ぶんでしょ。だから今日は帰ります』

なにも答えられない私に、傷ついた顔を見せるのを厭いもしない。
彼らしい手厳しさだと思った。
『俺でよかったね。もっとしょうもない奴だったら、今日、身体中に痕つけてるよ』
『高戸さんとは……』
『気休めはやめて。俺の考えは、変わらないよ』
ふてくされた顔で、そっぽを向く。
……時間の問題、か。
『……明日、帰ってきたら、それだけ教えて』
『何時になっても?』
『よくそんな意地悪が言えるね?』
泣きそうな声を、かわいいなんて思ってしまう自分は、どうしようもない。
辻くんはいつもと違って、振り返ることなく出ていった。
──名前を呼ばれた気がして、はっとした。
また高戸さんが、じっと私を見て苦笑している。
「ごめんなさい」
「いいけどな。会社で同じことをするなよ。お前のことだから、慎重に立ち回ってるとは思うけど」

ぎくっとした。こわばった私の表情を見て、高戸さんが眉をひそめる。

「なにかあったのか」

「ない……ないです。なにも」

「自分が今、どんな顔してるかわかってるか?」

首を横に振って、情けない顔を隠そうとうつむいた。

慎重に立ち回っていたんです。だけどそれだけだったの。万が一のことを考えもせずに、自分はよくやっていると浮かれていた。

「由岐」

テーブルに置いていた手が、ふいに温かくなった。彼が手を重ねたのだ。

「どうしたんだ、もっとうまくやれよ」

「え……?」

「お前がふらついたら、辻くんまで共倒れだぞ」

辻くんとはまた違う、男の人らしい手。包み込まれた自分の手が頼りなく見える。

「……ですよね」

「まあ、俺が言えることじゃないけどな」

目を伏せて苦く笑う彼に、はっとした。彼が自ら、自分のしていることについてこんなふうに触れることは、めったにないからだ。

急に、自分の重心みたいなものが、ぐらりとかしぐのを感じた。

心が揺れて、彼のほうへ大きく倒れかかる。

「……外せる？」

静かな音楽に満たされた、ひとつきりのテーブルの個室。私の声は震えていた。

高戸さんは長いことなにも言わず、やがて慎重に尋ね返してくる。

「え？」

聞き逃したのではなく、私の意思を再確認しているのだと、なんとなくわかった。

私の視線を追って、彼の目が自分の手に落ちる。私の手に重ねられた左手。薬指に光る、銀色の指輪。

痛いほどの沈黙が落ちた。

ふいに彼が動いた。右手の指で、左手の指輪を挟む。少し持ち上げるようにして、ゆっくりと抜こうとするのを数秒の間見守って、限界が来た。

「やめて！」

彼の手をテーブルに押しつけて、続きを阻んだ。

「やめて。ごめんなさい……ごめんなさい」

彼のほうを見ることもできず、ひたすら謝罪した。

私の手の下から、高戸さんの手が引き抜かれる。

「覚悟もないのに、人を試すな」

おそるおそる顔を上げると、そこには予想と違って、ばつの悪そうな、自嘲ともとれるかすかな笑みを浮かべた顔があった。軽蔑されると思ったのに。

「ごめんなさい……」

「泣くな」

乾いた指が、目尻を拭ってくれる。

こんなに自分を恥じたのははじめてかもしれない。覚悟なんて、ひとつも持てていない。辻くんに対しても、高戸さんに対しても。

ふ、と指が涙の筋をたどって、顎に行き着いた。

その仕草が表すもの。

決して私の勘がいいわけじゃない。彼に、もう隠す気がなかっただけだ。

指に促されるまま、顎を上げる。軽く引き寄せられて、抵抗もせず身を乗り出した。

なんの言い訳もできない。いつも私を安心させてくれる瞳が、射貫くように私の目を捉えて、それから静かに閉じられた。

テーブル越しの、触れ合わせるだけのキス。唇の温度を確かめるみたいに、二度、三度と淡く重なる。私の中で、なにかが崩れ落ちた。

このキスが、嬉しくなければよかったのに。


家のドアをくぐった瞬間、【帰ったよ】と辻くんに送った。一刻も早く送りたくて、でも嘘はつきたくなくて、駅からの道すがら、携帯を握りしめていた。

靴を脱ぐ前にもう、返信が来た。

【お帰りなさい。早いね】

食事だけだったから、と返そうとして、とんでもないごまかしであることに気づく。確かに食事だけだった。だけど辻くんに対して〝だけ〟なんて言えるような内容じゃない。震える指で返信を打ったり消したりしているうちに、次のメッセージが届いた。

【週末、出かけません？】

あの気持ちよく片づいた部屋で、きっと私と高戸さんの間で交わされた会話を想像しながら、この文章を打っている。髪をかきむしりたい衝動に駆られた。

バカだよ、辻くん。なんで安易に、私なんか。

【いいよ】

気を抜いたら、声をあげて泣き出しそうだった。蹴るようにパンプスを脱いで、しきりに肩からずり落ちる腹立たしいバッグをベッドに投げつけた。

部屋の真ん中で、ずるずるとしゃがみ込んで身体を丸める。内側から穴でも開けられているみたいに、心臓が痛む。

【行きたいところがあったら教えてね。おやすみなさい】

【うん、おやすみ】

嗚咽《おえつ》が漏れた。

ごめんね、辻くん。もう、全部終わり。

＊　＊　＊

「よく逆上しなかったな」

「え？」

打ち合わせの帰り、勝田部長が言った。

「さっきの、子安の信じがたい態度にさ」

「ああ」

今日は促進部と業務改善の必要性について話し合いをした。

担当者レベルの話ではないため、こちらからは勝田部長と私、向こうからは〝イノシシ〟こと坂上《さかがみ》部長と子安課長が出席した。

坂上さんは、切れるまでは部下任せなので、ほとんどなにも発言しなかった。子安課長はどうやら、弱いほうを狙う主義らしい。今回の矛先《ほこさき》は私だった。

前回と同じく、監査部自体を非難するところから始まり、私が営業企画部時代にやらかしたミスや、彼の気に障ったらしい言動を並べ立て、最終的には「下駄を履かせてもらってる身で偉そうにするな」という文脈に達した。

勝田部長もいる席なのでさすがに言葉は選んでいたものの、発言は敵意に満ちており、いっそ清々しいほどだった。

「我慢できますよ、自分のことなら」

「俺はいつ急所を蹴り上げてやろうかって、そればかり考えてた」

「監査のことを考えてなかったなんて、びっくりです」

「言葉尻を取るな」

はいはい、と笑った。部長は、この間の私と同じ状況なのだ。自分のことなら我慢できる。だけど大事な人が悪く言われるのは耐えられない。

部長がうーんと腕組みをする。

「子安はなあ……昔、営業で一緒だったんだが、そのころから折り合いが悪くてなあ」

「でしょうねえ」

どう考えたって、勝田部長と相性がいいわけがない。

「ただ、悪人じゃあないんだよ。たまに商品の横流しとかして小銭稼ぎする小悪党もいるだろ、ああいう手合いとは違うんだ」

「自分に正直なんでしょうね」

「うん。完全なるごますり野郎ってわけでもない。気に入らない奴が上についたときは、飛ばされるのも厭わず反抗する」

「だれか、うちの部署で、彼に強い人いないでしょうか」

相手を見て態度を変えるタイプなら、こっちも人を替えるまでだ。部長が再び、うーんと悩む。

「あいつは、百パーセント勝ち目がないってわかる相手には、友好的なんだよな」

「あ、わかります」

「だろ。ほら一課の高戸とか、けっこう仲よくやってるの、知ってるか」

その名前が出た瞬間、胸が鈍く痛んだ。

「ええ」

「ま、高戸も特殊だからなあ。だれ彼かまわずたらし込んでいくというか……」

「あれっ、部長って高戸さんと縁ありました?」

「同じ部署になったことはないんだけどな。あいつが一瞬マーケ行ったとき、俺が広報だったりして、なんだかんだ近かった」

「高戸さん、マーケにいたことなんてありましたっけ」

「昔な。すぐ昇進して営業に呼び戻されたんだよ。マーケでもさすがの働きぶりだったんだが、営業部のほうが奴を必要としてた」

ふうん、とその話を聞く。たぶん、私が本社を離れていた間のことだ。

「そういや、辻に彼女ができたってみんなが騒いでたけど」

今度の痛みは、鈍いどころではなかった。胸が破裂するかと思った。

「聞きました」

「うちの部も、そんな話で盛り上がれるようになったんだなあ」

しみじみ感動している。

気持ちはわかる。監査部は、仕事の内容や、管理職が多いという特徴からか、部員の仲はいいものの、常に緊張感のある堅い雰囲気の部署だった。

「辻くんの影響が大きいでしょうね」

「ぽんと他業種から飛び込んできて、こんな偏屈な部署に配属されて、文句も言わずにがんばってくれてるんだもんなあ」

驚いたことに、辻くんは入社する際、部署に関して一切の希望を聞かれなかったらしい。営業経験があるから、営業部に回されるのかな、くらいに思っていたそうだ。

「大事に育てて、いずれ必ず希望の部署に行かせてやろうな」

「はい」

なんて、どの口が言っているのか。

だれをどう裏切っているのかもわからなくなってきて、バインダーを握りしめた。

＊　＊　＊

「おもしろかったですね！」

「ほんと、予想外におもしろかった。パンフレット買おうかなあ」

土曜日のシネコンは大混雑だ。物販コーナーにも人が溢れている。

「ユキさん、そういうの買う人？」

「毎回ではないんだけど、気に入った映画は、制作裏話とか読みたくなる派」

わかる、と辻くんが笑った。

特に行き先も決めず待ち合わせをした。会ってからもやっぱり行き先が決まらなかったので、すぐそばにいたカップルのあとをついていこうと決めたところ、映画館にたどり着いた。観ないという選択肢もあったのだけれど、初志貫徹することにし、SF作品のチケットを買って、鑑賞したところだ。

ちょうど複数の上映が終わったところらしく、ロビーは人の山だ。

「俺も買おうかなあ……」

「私が買うから、一緒に見ようよ」

「ほんと？」

シネコンの入ったビルを出ると、目の前に芝生のスペースがある。今は季節柄、人もまばらだけれど、暖かくなれば大勢の人がくつろぐ場所だ。

辻くんがそこを見て、目を輝かせた。けれど迷っているようで、背後の商業施設を振り返ってはなにか考えている。

「なにか買ってきて、ここで食べる？」

「えっ、でも……寒くない？」

「大丈夫でしょ、ホットドリンクでもあれば」

彼が、ぱっと笑顔になった。

「ばれてた？」

「こういう場所、好きなんだろうなって」

「わかってるなあ」

「今日のコートお気に入りだし、脱がずにいるのはやぶさかでないわけなのよ」

「俺も、それ着てるユキさん好きだよ」

ノーカラーの、明るいグレーの柔らかなコート。大きなポケットがついていて、楽に片手をそこに入れておける。たいていそこに手を突っ込んで歩く私だけれど、辻くんといるときは手をつながれてしまうため、できない。

近くのカフェでサンドイッチとスープとコーヒーを買って、なだらかな傾斜のある芝の、上のほうに陣取った。

目の前に広がる水場は、さらにその向こうに広がる湾とつながっている。係留されている白い帆船が、無数のロープが絡んだマストを、青空に悠然と突き立てている。

「煙草、吸わないの？」

「今、持ってないけど……なんで？」

「吸ってるとこ、見たことないから」

なんとなく、想像もできない。

スープのカップをふうふう吹きながら、辻くんがちらっと空に目をやった。

「なに？」

「別に。高戸さんが煙草吸ってるの、かっこいいよね」

当てこすりに、私はむっとしてみせた。誓って、彼を思い描いていたわけじゃない。

辻くんが機嫌を取るようにのぞき込んでくる。

「怒った？」

「こんなことで怒りません」

「焦った？」

「なんで焦るのよ？」

思わず声を荒げてしまった私を、おかしそうに笑った。温かい冬の日差しに、髪の色が透けて、茶色く輝いている。

あらかた食べ終えると、彼は気持ちよさそうに伸びをした。

「寝ちゃいそう」

「寝ちゃっていいよ」

「でも……」

視線が、少し離れたところにいる男女のカップルに引き寄せられていく。あんまりあからさまに視線を送っているので、「こら」とたしなめなきゃならなかったくらい。

我に返った辻くんが、はっと顔を前に戻した。

「危ね、すごい見ちゃった」

「うらやましいなら、してあげようか」

私は芝の上に足を伸ばし、デニムに包まれた腿を叩いた。カップルは人目もはばからず、膝枕をしているのだ。辻くんが顔を赤らめる。

「いいよ、俺、外でああいうのできない……」

「くっつくの好きでしょ、なにかっこつけてるの」

ほらどうぞ、とふざけて彼の身体を引き寄せたら、よほど抵抗があるらしく、全力で振りほどかれた。

「もったいない。最後のチャンスだったのかもしれないのに」

「家でしてよ」

「いつかね」

芝の上で、お互いの手が触れた。辻くんの指が、私の指に重なって絡む。

当然のように顔が寄せられる。唇が触れる直前、彼が満足そうに笑ったのが見えた。

「辻くん」

「ん？」

「もう、こういうの、やめようと思う」

いつでも次のキスをできそうな距離にある顔から、ゆっくりと笑みが消えていく。

私の瞳の、奥のほうを探るみたいにじっと目を合わせて、やがて彼は微笑んだ。

「そっか」

手をほどき、寄せ合っていた姿勢を元に戻すと、「そっか」ともう一度言って、あぐらをかく。そうして少しの間、なにも言わず芝を見下ろしていた。

「それでユキさん、今日、なんか変だったんだね」

「変だった？」

「ぼんやりしてたよ。俺にどう言おうか、ずっと考えてくれてたんだね」

組んだ足首に両手を置いて、にこ、と笑顔を見せる。申し訳なさに消えたくなった。

「ごめんね……」

泣くな、泣くな。私は泣いていい立場じゃない。

「……やっぱり、高戸さん？」

「ううん」

遠慮がちに聞いてきた彼に、首を振った。

「それとはまた、別の話。ごめん」

「謝らないでよ」

辻くんの声は、こんなときでさえ温かい。

「俺、ユキさんの立場が難しいのもわかってたし、俺のこと考えたときも、ユキさんは絶対悩むだろうって、わかってた」

風がさらりと彼の髪をなでる。空気の流れの出どころを確かめるみたいに、辻くんはふと、私から目をそらした。

「最初から無理だったんだよ。そりゃそうだよ。俺、わかってたし、ずっと続くなんて思ってなかったよ」

そう言う横顔は、眼前に広がる湾を眺めているように見える。

「だから謝らないで。少しの間だったけど、俺は幸せだったし。それでいいでしょ」

私もだよ。とても口に出せなかったけれど、幸せだった。

ね、とこちらを向いた顔が、びっくりしたように目を丸くして、それから苦笑した。

「泣き虫だなあ」

「ごめんね……」

片手を伸ばして、にじんだ涙を拭ってくれる。結局こらえきれなかった。情けない。

急に辻くんが、ぴっと背筋を伸ばした。

「ちょっと思い出話をします」

「え？」

「はじめてデートしたときね」

「いきなりなに？」

ぽかんとした私を「まあまあ」となだめ、彼はひとりでしゃべりだした。

「海岸に着いて、俺が砂浜を歩こうって誘ったら、ユキさん『えーっ』って言ったの覚えてる？」

「え、え……？　どうかな」

覚えているような、いないような。

でもたぶん、今言われてもそう言うと思う。

「俺は歩きたかったから残念だったんだけど、まあしょうがないかなって思ったんだよね。ユキさんは服も靴も、きれいなの着てたし。そしたらね」

あぐらの背中を丸めるようにして、楽しそうに語る。突然始まった想い出話。

「『ストッキング脱ぐから、あっち向いてて』って、いきなりスカートの中に手を入れたの、すっごい仕方なさそうに」

そういえば、そんなことをしたかもしれない。

「だって、実際仕方なくて」

「俺の家に泊まったときね、コンビニでユキさんが歯ブラシを選んでたの。なかなか欲しいのが見つからないみたいで、奥のほうの商品まで確認してて」

次はなに？　もはやエピソードが細かすぎて、記憶が追いつかない。

「なにしてるのかなって見てたんだけど、やっとレジに持ってったのが、ピンクのでね。俺、黙ってたけど陰でめちゃくちゃ笑った」

「そんなにおかしい？」

だって、私にとって青や緑の歯ブラシは、父や兄たちのものなのだ。

顔が熱くなってきた。

「逆の立場だったら、自分だってピンクは避けるよね？」

「あとこれは、けっこう最近ね。昼食って戻ったら、間山さんとユキさんが机の下に潜ってて、どうしたのかと思ったら」

「それは覚えてる。間山さんが大事なピアスをなくしたときでしょ」

「そう。ふたりとも潜ったまま会話してた。間山さんが、もう無理だ、見つからないって泣き言言ったら、ユキさんが励まして」

辻くんは、すっかり冷たくなったコーヒーのカップを、ふと思い出したように芝の上から拾い上げて、ひと口飲んだ。

「落としたなら、耳より下の位置に絶対ある。そこを全部探せば見つかる。探すなら、あると信じて探さなきゃ！って」

「言ったかなあ……」

「俺はもう一度フロアを出て、笑いました」

「笑いすぎだよね？」

今も笑っている。

「ほかにもいっぱいあるけど、そういうところ、見るたび楽しくなって、かっこいいとも思ったし、かわいいなとも思ったし」

ふいに言葉を途切れさせて、視線を少しだけ伏せる。

「気づいたら、ほんと好きになってた」

口元には、ふわっと柔らかい微笑みが浮かんでいた。

どうして私は、彼をこんなに傷つける前に、自分に歯止めをかけることができなかったんだろう。

「俺、ユキさんの足を引っ張りたくないです」

片膝を抱えた辻くんが、そこに腕と顎を乗せてつぶやいた。

いつの間にか、西からの日差しがあたりを染めて、夕暮れの気配を漂わせている。

「足とか……」

「部下となんて、厄介な人にでもばれたら、いい吊るし上げの餌《えさ》だよ。俺、ユキさんのアキレス腱《けん》になるつもりなんてない」

静かな横顔を、風がなぶった。

「だから俺は大丈夫。我慢できます。むしろ今まで、危ないことをさせてごめん」

ぽつりと言う姿は、さみしそうなのに毅然としている。

彼がこちらを見て、はっきりと言った。

「ありがとうございました」

どうして笑ってくれるの。

ごめんね、私こそありがとう。

「泣かないでよー」

吹き出して、私の涙を拭う指は、ひんやりしている。

「辻くんは、今、私の一番大事な人なの」

思わず本音がこぼれた。

大事なの。これ以上傷つけたくない。愛される覚悟もないくせに、ずるずるそばにいるわけにはいかない。

さっき辻くんが言ってくれたのと同じように、私も辻くんを守りたいの。

のぞき込む辻くんの目が、大きく見開かれ、ふわりと照れくさそうに笑った。

「それ、すっごい嬉しいね」

少しためらいを見せてから、濡れた私の頬にキスをくれる。

「今日が終わるまでは、予定どおり、デートのつもりでもいい？」

「……うん」

「って聞こうとしたんだけど、正直迷ってて」

素直にそう言って、途方に暮れたように眉尻を下げた。

「そのうち俺まで泣くんじゃないかって」

「辻くんも、泣いたりするんだ？」

「そりゃするよ。今日だって、帰ったら絶対泣くよ、ひとりで」

むくれた声で言うと、ちらりと探るようにこちらを見る。

「あの……しつこいようだけど、高戸さんとはどうするの？」

「もう、ふたりで会ったりするのはやめようと思ってる」

「でも」と辻くんが戸惑いがちに言った。

「それじゃユキさん、さみしくない？　きついとき、だれを頼るの」

こういうこと言ってくれちゃうからなあ。甘やかさないでってば、本当に。

「大丈夫」

「大丈夫そうじゃなかったじゃん」

「もう大丈夫」

言い張る私に、辻くんはあきらめたのか、言葉を探すみたいに、首をかしげてぱりぱりと頭をかいた。

「なにかあったら、ちゃんと言ってね」

「ありがとう」

「それと、やっぱり今日は、ここで先に帰って。俺、立って歩いてしゃべるとか、今絶対できなそう……」

申し訳なさそうに言う彼に、「うん」と私は答えた。

食べた容器類をまとめて、立ち上がってコートについた芝を払う。

「また月曜日にね」

「うん」

じゃあ、と身をひるがえそうとしたとき、手を掴まれた。

芝の上に座った辻くんが、こちらを見上げている。まるで自分でも、どうしてそんなことをしたのかわかっていないような表情で。

引き留められる格好になった私は、手を取られたまま佇んで。そのうちに、ふたりの間に生まれた了解みたいなものに従って、身を屈めた。

辻くんが伸び上がるようにして、優しいキスをくれる。

最後というより、これが最初みたいな、丁寧で静かなキス。

唇を離したあとは、もうこちらを見てはくれなかったので、私は、バイバイとも言えず。うつむいた彼が手をゆるめてくれるのを待って、逃げるようにその場を離れた。

なんの涙だかわからないけれど、とりあえず涙が出た。

自分に酔っているだけに思えて気に入らなくて、拭かずに駅まで早足で駆けた。

なんで私が泣くのよ。

傷ついたのは辻くんだよ。

でも止まらない。

構内に入って、改札を抜ける。

よく一歩先で、私が改札を通るのを待ってくれていた姿はもうない。

また涙。

ひとりで上る階段は、途中で心が折れそうになる。

——さみしくない？

さみしいよ。

でも、さみしいだけで、辻くんといたらいけなかったの。

もっと一緒にいたかったよ。

でももう無理だと思った。

電車がホームの空気を揺らして、強い風が顔を叩いた。

バイバイ、辻くん。

ごめんね。ありがとう。

＊　＊　＊

月曜日は、うす曇りのよくある一日。

脇目も振らずに目的地へ急ぐビジネスマンたちと通勤して、外出や出張で部内は八割くらいの人数で、スケジュールの合間を埋めるようにどんどんタスクが増えていく。

「リハの日程、これで展開しますね」

「うん、よろしく」

辻くんもいつもどおり、明るくてきぱきと動く、有能な監査部の一員だ。

私は……どう見えているのか、わからない。

「すみません、社内報、配るの忘れてました！」

定時後に、間山さんが恐縮しながら冊子を配って回った。

ちょうど帰ろうとしていたところだった辻くんは、それを受け取って、ちょっとためらう様子を見せてから、机の上に置き、「お先に失礼します」と出ていった。

自分の机に置かれた冊子を、ちらっと見る。表紙に〝働く女性と呼ばれること〟という文字が躍っている。薫子が取材した、あの特集だ。

私はいくつかの書類の上にそれを置き、忙しいふりをして、読むのを先送りにした。

「由岐さん、最後だよ、大丈夫？」

部長会用の資料を作っていたら、岡本さんが帰り支度をしながら声をかけてきた。

気づけば周りにはだれもいない。

「あ、大丈夫です、もうすぐ帰るので。お疲れさまです」

「これ、読んだよ。興味深かった」

そう笑いながら、社内報を掲げて見せる。

「よかった。まだ読めていないいんですけど」

「辻くんも出てるんだね、なんかねえ、素直だなあって感じで、すごくいいコメントになってるよ。笑えるし。早く読みなよ」

「はい」

「じゃ、お先」

郊外に家を建てたばかりの彼は、足取りも軽く妻子の待つ場所へと帰っていく。

しんと静まったフロアで、社内報を広げてみた。

中綴じの冊子のセンターに、私のインタビュー記事と写真がある。ボリュームのある記事だなと思ったら、見開き三ページも使われていた。

ところどころに、関係者のコメントと小さな顔写真が入る。最初に載っているのが、辻くんだ。

——由岐さんの第一印象は？

『歓迎の意を伝えようとしてくれているのがわかって、正直、ちょっと怖そうにも見えたんですが、親切で思いやりのある人なんだろうと思いました』

——今の印象は？

『尊敬できる人です。誠実で、信頼されているのがうらやましい。たくさん盗んで、お礼に成長したいと思います』

——〝女性管理職〟のイメージは？

『特にイメージはありません。ただこの会社では、みんなが不慣れなこともあって、大変なことが多そうだなと見ていて思います』

——由岐さんにお願いごとをするとしたら？

『味方を増やしてほしいです。もうたくさんいるとは思いますが、もっとどんどん見つけてほしいです。それで、やりたいことは全部やって、やらなくていいことは、なるべくやらないでほしい』

——女性にとって、どんな職場が働きやすいと思いますか？

『管理職に〝女性〟なんて冠がつかなくて済む職場でしょうか』

——由岐さんにひと言。

『二次会がカラオケになると無断で消えるのやめてください』

読むんじゃなかった。仕事の続きができそうにない。

次々と電気が消えていくフロアで、ぽつんとひとり。辻駿一、という印字された名前をずっと眺めていた。

間違えているとしたら

「高戸さん！」

「うわ！」

呼んでも反応がないので、駆け寄って腕を引いたら、だいぶ驚かれてしまった。見れば、携帯を耳にあてている。電話中だったのだ。

ごめんなさい、出直します、と口の動きで伝え、立ち去ろうとしたとき、腕を掴んで引き留められた。

「悪い、なんでもない。さっきの案で問題ないよ。俺から話しておく。じゃあ」

素早く会話を終わらせた高戸さんが、携帯を胸ポケットにしまいながら私を見る。

「驚かすな、なんだ」

「ごめんなさい。あの、今時間あります？　少しでいいので……」

「あるよ。どこか入るか？」

平日の帰宅時間帯、駅前の通りには無数の飲食店が口を開けている。

私は慌てて手を振った。

「ううん、立ち話レベルで」

高戸さんの目が、探るように、わずかにすがめられる。

「決別宣言でもしに来たか？」

絶句して佇む私をじっと見つめ、「場所を移すか」と顎で脇の雑居ビルを指した。

「まあ、そう来るだろうなとは思ってたよ」

「ごめんなさい」

ビルの地下には、真新しい喫煙スペースがあった。

知る人ぞ知る穴場らしく、だれもいない。

「焦ったなあ、我ながら……」

高戸さんが腕を組んで、くわえ煙草の口の端から煙を吐く。

私は申し訳なくなり、もう一度謝った。

さすがというべきか、彼はあのキスで生じた私の揺らぎに気がついていたんだろう。

本能に従って高まる鼓動と、反面、冷水を浴びせられたように目を覚ました理性。

その乖離《かいり》に耐えきれなくなった心。

「お前が謝ることじゃない」

「辻くんとも距離を置くことにしました」

「そっちを先に聞かせろよ、気が利かないな」

怒られて、我ながら情けない顔つきになる。

「どうして？」

「喜ぶ時間ができるだろ、一瞬だとしても」

私に近いほうの手をポケットに入れて、左手で煙草を挟んでいる。

口元を隠している指に光る指輪。あの衝動を思い出して、身体が冷える。

「……ごめんなさい」

「いいけど、辻くんとはなんで？　うまくいってそうだったのに」

「だって……もしばれたら、彼が傷つきますし」

「なんで？」

「女上司となんて、いい嘲笑の種でしょう？」

「そんなの、笑わせとけよ」

「辻くんが傷つくっていう話です。上を丸め込んでたって見られることもある」

高戸さんはぷかりと煙を吐き出して、「ふうん」と納得のいってないなそうな、温度の低い相槌《あいづち》を打った。スタンドテーブルの上の灰皿に、煙草を押しつける。

「悪いことしてるわけでもあるまいに」

私は唇を噛んだ。バッグにかけた手に、力が入る。

「私も、ずっとそう自分に言い訳してたんです」

だけどそういう問題じゃないと気づいた。悪くなくたって、傷を負うことはある。

「だからって別れなくてもよかっただろ、かわいそうに」

「別れたっていうと、つきあってたみたいで、あれなんですけど」

「つきあってた、でいいだろ」

「そんなふうに思ったこと、ないもの」

「男と女が、お互い好きで一緒にいるのを、ほかになんて呼ぶんだよ？」

新しい煙草を歯に挟んで、高戸さんが眉をひそめた。

「好きなんて……」

だんだん自分の声が小さくなっていく。いかに自分が辻くんとのことについて、考えないようにしてきたか、気づかされたからだ。

「思ったことがない？」

「そういう、言葉では、たぶん」

「じゃ、なにをしているつもりだったんだ、お前としては」

目が泳いだ。

頭の中で、必死に回答を探す。

「癒しを、もらっているような……」

最後まで言えなかった。間違ったことを言っているとは思わない。だけど本当にそれだけだったっけ、と心が騒ぐ。

なにをしているつもりだったっけ。なにを終わらせたつもりだった？

思考停止してしまった私に、喉の奥で笑う音が届いた。新しく火をつけられた煙草の、重くて甘い香りが鼻をくすぐる。

「せめて今くらい、目の前にいる人間のことを考えたらどうだ」

「さっきから意地悪ばかり言うからでしょう」

「そんな気分にもなるだろ、許せよ」

言葉のわりに、だれを責めているようでもない、からっとした目がこちらを見る。

久しぶりにいつもの彼と出会えた気がして、ほっとした。

「ごめんなさい、本当に」

「いや、俺がタイミングを読み違えた気がする」

「そんな」

「未熟な女に試されて、頭に血が上ったんだな」

「あのね」

そこまで言うことないでしょう。

彼はくすくす笑い、私にかからないよう煙を吐く。

「だがまあ、時間の問題と思ってたよ」

「……なにが？」

「お前が我に返って、離れていくのが」

返す言葉に詰まった。

「私、ただのぼせてたわけじゃないです」

言い返した瞬間、高戸さんの横顔からふっと笑みが消える。一瞬見せた真顔に、まただんだん微笑が戻り、最終的には苦笑の形になった。

「今それを俺に言うのは、残酷だってわからないのか」

「……あ」

私はまた返答に困り、視線をうろつかせるはめになった。ダメだ、まだ甘えている。

「なあ由岐」

「はい」

「こっちを見ろ」

うつむいたまま返事をしたら、叱られた。

「覚えておいてほしいから、言っとくな」

「……はい」

「お前の意向はわかったし、協力もする。仕事以外では距離を置く。だがそれは、あくまでお前の考えを尊重してのことだ」

ぼんやりと意味を受け止めながら「はい」とまたうなずいた。

いい子だ、と言っているみたいに目が細められ、直後、まっすぐな視線が注がれる。

「それで俺の気持ちが変わるかと言ったら、別の話だ」

はっとした私の表情を確認すると、高戸さんは足元に置いていた鞄を取り上げ、煙草を灰皿に捨てた。

「俺はお前にならい、何度だって試されてやる。由岐」

片手をポケットに入れて、真正面から私を見据える。

「忘れるな」

そう言うと、返事をする間も与えずに行ってしまった。

階段を上る革靴の音が遠ざかっていく。

吸殻から細い煙が一筋、存在を主張するように立ち上っている。

読まれた、と思った。

向き合ったつもりで、まだ目をそらしている私の心を。

見えたと思っていた答えは、どうやらもう一度考えないといけないらしい。

＊＊＊

『緊張するなあ……』

聴衆が入る前の大会議室で、マイクテストをしている辻くんのつぶやきが、スピーカー越しに聞こえてきた。

「大丈夫だよ、いつもの感じでふわっとしゃべってくれたら」

『僕、そんなふわっとしてます？』

岡本さんの励ましに、頬をふくらませる。

「感じがいいって意味」

『じゃあ最初からそう言いましょうよ』

「辻くん、切り返しが由岐さんに似てきたなあ」

講習会の準備をしていた監査部の面々が、一斉に笑った。

辻くんが私のほうを見て、相変わらずマイクを口元にあてたまま『ですって、ユキさん』と投げてくる。私は大きな声で返事した。

「盗むなら、もうちょっと大事なところ盗んでね」

再びみんなが大笑いした。

今日は記念すべき、第一回の講習会だ。講師役はもちろん、岡本さんなどのベテランが担うのだけれど、進行と開会の挨拶は辻くんが行う。

監査部の講習会という、いかにも堅そうな場だからこそ、彼の持つ空気が新風のように吹いてくれたら、と願っての配役だ。

開始十分前ごろから、人が集まりはじめた。

「穂香、お疲れ」

広報部の数名と一緒にやってきたのは、薫子だ。

「参加ありがとう。資料は机の上にあるから、好きな席にどうぞ」

「了解。広報部もNGが多くて、いつも布施くんに迷惑かけてるからね。意識改革のために全員参加を呼びかけたよ。ところで社内報、読んだ？」

どきっとしたのを悟られまいと、「うん」と急いで返す。

「辻くんて、いい子だねえ。穂香のこと、ほんと好きなんだね」

「ただ、素直なんだよ」

「あそこに載せたのは、抜粋なんだ。実際はあの倍くらいの質問項目があったの。フルバージョン、見たい？」

うっ、と気持ちがぐらついた。

それは、見たい……けれど。

「いい」

「なんで」

「本人が、もう私が見ることはないと思ってる回答なんでしょ？」

「そもそも見せるために書いたんだよ」

「でも、いいよ」

「じゃあこれだけ伝えとく。自由記入欄のコメントで、私たちが辻くんに怒られたの」

薫子は前列の端のほうの席を選び、席につきながら耳打ちしてきた。ホワイトボードにタイムスケジュールを書いている辻くんに、意味ありげな視線を向ける。

「怒られた？」

「まあ要約すると、女性だからなんて理由でユキさんを取り上げないでほしい。ほかのマネージャーと比べても、ユキさんは魅力的です、と、こう」

「え……」

「この取り上げかたじゃ、女じゃなかったら穂香に焦点が当たることはなかったと言っているのと同じ。そんなつもりはないならなおのこと危険だと。痛烈な指摘で、ぐさっと来た」

なにを言えばいいのかわからず、視界の隅で動いている辻くんを意識しながら、薫子の前に置いた書類を見つめた。薫子がにこっと微笑む。

「思った以上に冷静だし、いい子だなあと感動したよね。あんなに上を思ってくれる部下なんていないよ。大事にしなさいな」

団体の参加者が来たので、私は薫子のそばを離れ、受付の手伝いに行った。辻くんが入り口の前に立って、開始五分前のアナウンスをしている。

そのとき、「辻さん、お疲れさまです」と控えめに声をかけた女性がいた。私は思わず振り返っていた。確か資材調達部門の、新人のアシスタントさんだ。

辻くんが「ようこそ」嬉しそうに笑う。

「来てくれたんだ。よかった」

「はい、私なんか、本当に関係あるのかなって思ったんですけど」

「あるよ。関係ない人なんていないんだから」

席まで案内しながら交わす、親しげな会話がここまで聞こえてくる。

「無理しなかった？　上長の承認、とれた？」

「ええ、なんにでも無関心な人なので」

「それ、よくないなあー。難しいかもしれないけど、今日の内容、レポートとかにして部内に展開してくれたら嬉しいよ。他人事じゃないんだって知ってほしいんだ」

「や、やってみます」

「質疑応答の時間もあるし、あとで俺に直接連絡くれてもいいから。わからないこと、なんでも聞いてね」

はい、と恥ずかしそうな笑顔を浮かべる女性に、辻くんは彼らしいまっすぐな笑顔を投げ、こちらに戻ってきた。

彼にも、社内であんなふうに親しくする相手ができたのか。よかった。

よかった……けれど。

胸の中のもやもやを自覚し、自分に幻滅する。そんな女だった、私？

ねえあのとき、なにを終わらせたつもりなの？

『法律は、原則しか言ってくれないんです。〝下請け会社をいじめるな〟書いてあるのなんて、これだけです。じゃあこれを、僕たちの業務に落とし込むと、具体的にどういう規則になるのか？』

参加への簡単なお礼のあと、辻くんが前説を始めた。

彼はまだこの会社に染まっていなくて、ぱっと見の雰囲気だけでも、いい意味での違和感がある。集まった約六十名全員が、興味を持って聞いているのがわかった。

『〝速やかに支払いをする〟というのは、いったい納品後何日までを言うのか？ 業態や規模などから、この会社が守るべきで、また守れるはずのラインを、僕たちは専門家と探し、ルール化します』

清潔感のあるスーツ姿が、ホワイトボードの前で、聴衆を飽きさせない程度に動き回る。さすが元営業と言うべきか、話すのは本当にうまい。平易な言葉で、相手の立場に立って、上からでも下からでもない、絶妙な目線で話す。

『なので基本的には、守れるはずなんです。でも現場でどうしてもそうもいかないとき、僕たちは、それを単純な〝例外〟としないために、もっと細かな、実務に合ったルールを作ります』

にこ、と人を引きつける笑みが浮かんだ。

『まずは原則を知ってください。監査部がなにをしようとしているのか知ってください。そして、みなさんの実務の現状を教えてください。それが今日の目的です』
マイクを切ってお辞儀した彼に、温かな拍手が送られた。
誇らしさに胸を張りたくなった。
同時に、自分にまだそんな資格があるのか、疑問に思った。

「アンケートの結果、いいね」

「うん、まだ改善の余地はあるけど、思ったよりずっといい」

翌日、講習会のアンケートの集計が部内に展開された。間山さんが神速でまとめてくれたのだ。共有サーバにアップされたファイルを、各自読み込んでいく。

わかりづらかったと答えている人はほとんどいない。質問項目や自由記入欄には、具体的な内容の書き込みがたくさんある。前向きに受け止めてくれた証拠だろう。

「これ、質問はすぐ回答を作って、集計結果と一緒に公開したほうがいいね。私たちも会話したいんですって姿勢を示さないと」

「じゃあ俺、やりますよ」

私の言葉に、辻くんが手を挙げる。

「できる?」

「はい。今日中に下案作りますから」

「ありがとう、よろしく」

そのとき、内線電話が鳴った。間山さんが受話器を取り上げ、辻くんを呼ぶ。

「辻さん、資材の加藤木《かとうぎ》さんです」

「あっ、はい」

講習会のときの女性だ。辻くんは自席の固定電話に手を伸ばした。

「え、うわ、そうなんだ。ありがとう。うん……？」

受話器を当てていないほうの耳を、手で覆っている。自覚があるのかどうか知らないけれど、彼が電話に集中しているときの仕草だ。

「えーとね、それは……いいや、俺、そっち行くよ。今大丈夫？」

数分会話したあと、辻くんは受話器を置いて、「ちょっと四階に行ってきます」と腰を上げた。布施くんが「行ってらっしゃい」と手を振る。

「あ、進捗報告会、このあとだよ、大丈夫？」

「平気です、俺、足速いんで。すぐ戻ってきます」

「速いんだ？」

「だって駿一くんですよ」

「速そうな字面だけどさ、それ関係ある？　ていうか廊下を走っちゃダメだよ」

ふたりで笑い合って、辻くんは出ていった。

その背中を見送って、布施くんがふむ、と腕を組む。

「草野球チームに誘おう。なんのスポーツやってたんだろ。由岐さん、聞いてます？」

「ラグビーだって」

「え、あの細さで？」

懐かしい会話を思い出して、つい笑った。

「本人に言ってあげて、いやがるから」

「だって、ラグビーっていったら」

「大きくない人もいるらしいよ。ポジションによっては、体格以外のものが求められるんだって」

「へえー」

——駿って呼ばれてます、だいたい。

どちらの部屋でだったか、そんな会話をした。

『だれも全部呼んでくれない。俺、一ってついてるのが好きなのに』

『まあ、ちょっと長いよね』

『この流れで、駿一って呼んで、ってお願いしてみたいんだけど、やめとくね』

『なんで？』

『穂香さんって呼んでいい？って聞きたいんだけど、それもやめとく』

『だから、なんで？』

ゴロゴロと喉を鳴らしそうな様子で、まとわりついてくる裸の腕。

『会社で間違えそうだし』

『まあね』

続きがありそうだったのに、次に彼が口を開いたときは、話題が変わっていた。

〝不毛だし〟と言いたかったのかもしれない。

わかってた、と言っていたものね。私のほうが舞い上がって、今のことも先のことも考えないようにして、彼よりずっと幼稚だった。

いや、もうこういうことを考えること自体、やめたい。自分からごめんと言ったくせに、いまだにぐずぐずとどうしようもない。

頭を振って、仕事に集中しなさいと自分に言い聞かせた。

「すみません、お忙しいのに」

「いや。呼ばれたときは何事かと思ったけど」

高戸さんが手帳でトントンと自分の肩を叩きながら言う。

これから再び、促進部との話し合いなのだ。

抜き打ちでチェックさせてもらった経理書類で、明らかな違反があり、促進部に確認したところ「営業部の指示だ」の一点張り。

確かに促進部は、営業部の意向を強く汲んで動く部署なので、たとえば営業部の行事を促進部の予算でやるなど、事情が込み入っていることが多い。ところが営業部は営業部で、「そんな指示は出していない」と答えるばかり。

埒《らち》が明かないため、三者で集まることにしたのだ。営業部の監査対応管理者として、高戸さんにも声がかかった。

「そんな指示は出してないって言ってるの、三課長の宅間《たくま》さんだろ？　ちょっとなあ、心配なんだよなあ」

「クセのある人ですか？」

「クセ……で済めばいいんだが」

え、どんな人なの。

私が営業系の部署を離れてから来た人で、面識がないのだ。

そしてその宅間課長と相対するのは、促進部の子安課長である。

大丈夫か今日、と不安になった。

「営業部は費用処理に口を出すことなんてない。言うわけがない」

「わけがないかどうかは知りませんよ。実際言われたと担当者が言っているんです」

議論と言えるかどうかも怪しい言い合いは、早くも難航の兆しを見せている。

向かい合わせに並べた会議机の片辺に子安さん、向かいに宅間さん、宅間さんの隣に高戸さん。私は行司のように、誕生日席に座っている。

実務者ではない高戸さんは、なるべく口を出さないようにと見守りに徹しているものの、うんざりしているのが見ていてわかった。

「犯人探しをするつもりはないんです。正しい処理方法を知っていただいて、今後このようなことがないよう周知をお願いしたいんです」

見かねて、話を前向きに戻そうとしたら、今度は矛先がこちらを向いた。

「そもそも、そっちの粗さがしが原因なんだよ」

「我々だって犯人探しをしてるわけじゃない。ただ犯人は、自分の部署にはいないことを明らかにしたいだけだ」

ひょろりとした長身の宅間さんは、研究者だと言われても納得できそうな、潔癖そうな印象の人だった。冷静な話し合いを好みそうに見えたけれど、違った。巧みに話の流れをずらして、相手が戦意喪失するまで自陣を守り抜くタイプだ。

どうやら子安さんとの相性も最悪らしく、彼の私への当たりも前回以上にきつい。

「そもそも犯人探しはしないとか、そういうぬるい姿勢だから例の問題も見つけられなかったんじゃないのかな。やることが半端だよ、監査部は」

そう来ますか。

私は慎重に口をつぐんだ。

「今回の件だって、抜き打ちで見つけた件でしょ。何度も言ってるけど、やりかたが卑怯だよ。それで〝なんでも相談してください〟もなにもない」

「申し訳ありませんでした。定期監査のお願いを何度しても応じていただけなかったため、やむを得ずの措置だったんです」

「そうやって、こっちが悪いことにされるんだ。いつも促進が悪者、営業はお手本。いやになるね、まったく」

そう言って子安さんは、ちらっと宅間さんに目を向ける。

まさに火に油を注ぐような顔ぶれを集めてしまったらしい。漂う非建設的なムードに、ため息をこらえたときだった。

「ま、あれだね。うしろめたいところがあると、攻撃的になるんだろうね」

宅間さんが嘲笑まじりに吐き捨てた。

眼鏡を外し、胸ポケットから出した布で磨きはじめる。裸眼になると、研究者然とした雰囲気がどこかへ行き、迫力を増した目つきが意味ありげに私のほうを見た。

「たとえば、人に言えない関係とか。その種の人間とは、得てして仕事上のかかわり合いも、うまくいかないことが多い」

子安さんはぽかんとして、私と宅間さんを見比べていた。

私は平静を保つのに苦心した。身体中が心臓になったみたいに早鐘を打っている。

知っているの？　どうして？

この人が知っているのなら、ほかにも同じように、知っている人がいるってこと？

終わった話ですって言えば済む？　そんなバカな。ねえ、どうして？

あまりの衝撃になにも言えずにいるうち、宅間さんが再び眼鏡をかけた。

「自分に、だれかを追及する資格があるのかどうか、見直してみることだ。自分の身が大事ならね」

口を出すのをやめれば、秘密は胸にしまっておいてやるぞ、ってこと？

……なによ、それ。

「由岐……」

私の顔色が変わったことに気づいたのか、高戸さんが制するように私を呼んだ。だけど、もう遅い。

「おっしゃりたいことは、それだけですか」

机に置いた手を握りしめた。冷静に、と念じる。

反論が来ると思わなかったらしく、宅間さんが目を見開いた。

「本業と関係のないところで人をあげつらうのが、課を率いる人間のすることですか」

「きみに、なにを言う権利が……」

「権利ってなによ⁉」

思わず机を叩いた。会議机が震えて、尾を引くようにビリビリと鳴った。

「私はここに、仕事をしに来ています。この会社が不正を行う企業だと言われないようにするためです。会社と従業員を守るためです」

ごめん、辻くん、と心の中では泣きたい気持ちだった。

私、間違えたかもしれない。

「面子を守りたいのでしたらどうぞ。ですが邪魔をしないでください。今お話ししたいのは、今回の処理がどう間違っていたのか、二度と同じ間違いが行われないようにするには、どうすればいいいか、それだけです」

もうここにはいられないと思い、私は言うだけ言って、手元の資料と自分のＰＣをまとめた。

「今日はここまでにしましょう。また招集させていただきます。次回は建設的な話し合いを望みます」

三人の反応をうかがう余裕もなく、逃げるように会議室を出た。

ごめん、辻くん。結局冷静になんてなれなかったよ。私、きっと間違えた。

ほかにだれが知っているんだろう。どうして知られたんだろう。

一番近い洗面所に飛び込んだ。冷たい汗を、全身にびっしょりかいていた。

鏡に映った顔は真っ青で、とても席に戻れる状態じゃない。

ごめんね、辻くん。

でもあなたのことは、絶対に守るよ。


「ユキさん？」

はっと我に返ると、辻くんが私の顔をのぞき込んでいた。

ずいぶんぼんやりしていたらしい。

帰宅する人たちと一緒にエレベーターを待っていたはずなのに、いつの間にかまわりにだれもいない。エレベーターのボタンも光っていない。

「どうしたんですか、もう帰ったと思ったのに」

辻くんが、下りのボタンを押してくれる。鞄を持っていないところを見ると、彼はもう少し仕事をしていくんだろう。

「ごめん」

「謝ることないですけど……大丈夫ですか？　今日、なんか変でしたよ、ユキさん」

声を出す気力もなくて、私は首を振った。

宅間さんたちとの話し合いがお昼前。午後は神経をすり減らして過ごした。

小声のおしゃべりが聞こえれば、もしかしてと思い、近づくと会話がやんだりすれば、やっぱりと思い。ささくれ立った神経のおかげで、ボロボロだ。

「あと……、高戸さんが探してました」

辻くんの視線を感じていたので、おかしな反応を見せないよう努めた。おそらく高戸さんは、私が出て行ったあと、場を収めてくれたはずだ。

お礼を言わなくてはいけないんだけれど、なんとなく会うのを避けた。

会ったら寄りかかってしまうだろうから。

「わかった。あとで連絡しとく、ありがと」

辻くんが、踏み込むべきか否か迷っているのがわかる。私はエレベーターのドアをにらみつけ、身体の前でぎゅっと腕を組んだ。

「やっぱり変です。具合でも……」

「大丈夫だったら！」

思わずきつい声が出て、激しく後悔した。

そちらを見ないようにしていたことも忘れ、つい辻くんのほうに顔を向ける。

彼はちょっと驚いた顔をしてはいたものの、傷ついたり気分を害したりしている様子はなく、そのことがかえって私を恥じ入らせた。

「ごめん……」

「なにがあったかなんて、どうせ言わないだろうから、聞きませんけど」

辻くんがため息まじりに、あきれ声を出す。

エレベーターが到着し、扉が開いた。乗っているのは数人だけで、すいている。背中をそっと押され、ふらっと一歩踏み出した。

「俺はユキさんの味方だからね」

耳に届いた、低いささやき声。エレベーターの中から振り返ると、彼はにこっと笑い、ドアが閉まるまで手を振っていた。


家に帰り、ベッドに乱暴に飛び込んだら、顔の上になにか落ちてきた。

「痛！」

ヘッドボードに置いておいた、あの日の映画のパンフレットだった。

こんなものを買うなんて、なにを考えていたのか。一緒に見ようね、なんて、守れない約束をして。

テーブルに放って仰向けになり、天井の照明を遮るように、顔の上に腕を乗せた。

会社から離れたことで、少し冷静になれて、頭が働きはじめる。びくびくしていても始まらない。とにかく、だれになにを言われようと、辻くんが白い目で見られるような事態だけは避けないと。逆に言えば、私のことは後回しでいい。

すると、今度は話し合いでの失態が思い出されて、胃が痛くなった。

どんないやな目にあったとしても、ああいう振る舞いだけはすまいと心に誓ってきたのに。これだから女は、と言わせてしまったら、上を目指したいと思っているほかの女性の道をふさいでしまう。

うぬぼれでもなんでもなく、私はいつだって、そういう女性たちの代表である自覚を、忘れてはいけなかったのに。

盛大な自己嫌悪。急に敵が増えたような心細さと不快感。

バッグに入れっぱなしの携帯を、充電しなきゃ、と習慣が呼びかけてくる。だけど取りに行く気にならなかった。今携帯を手にしたらきっと高戸さんに連絡してしまう。叱ってもらって、少し楽になってしまう。

これ以上嫌いな自分になりたくない。

なにをする気力も湧かなくて、このまま寝てしまおうと思った。

＊＊＊

「ユキ、促進部から苦情があったぞ」

「えっ」

勝田部長の言葉に、背筋が冷えた。

「預けた証憑が戻ってきてないって。辻に頼んで返しといてもらったけど」

ああ……そのことか。

「すみません、私のチェックが遅れてました」

「詰まってるのか？　どこかの部署、別の奴に担当を回してもいいぞ」

そうしてもらったほうがいいかもしれない。

正面の席を見ながら考えた。辻くんは不在中のため、椅子は空だ。

「……今月中に解消しなかったらご相談します」

「うん。お前の受け持ち、でかい部署が多いから、向こうが前向きになってくれたらくれたで、こっちのやることが倍増だからな。無理するな」

「ありがとうございます」

ダメだ、この数日というもの、仕事のパフォーマンスが低い。デスクの上の書類トレーを確認すると、処理済みのトレーに、返却した証憑のコピーが入っていた。辻くんが入れてくれたに違いない。あとで私が見たがるのをわかっていたんだろう。気づきもしなかったなんて、情けない。本来の仕事すら中途半端にして。

早く調子を取り戻さないと。

先日の話し合いは仕切り直す必要があるし、講習会も後半が残っている。こんな体たらくでは、みんなの足を引っ張ってしまう。

だけど焦るばかりで、結局予定の仕事の七割程度しか消化できずに一日が過ぎた。

帰り際、一階にある自動販売機コーナーに寄ったら先客がいた。順番を待とうと、少し離れたところに立ったとき、ふと向こうが振り返る。いやな間があいた。

宅間さんだった。

私を頭からつま先まで一瞥《いちべつ》し、冷笑を口の端に浮かべる。

「癇癪《かんしゃく》は収まったかな」

小馬鹿にした言いざまに、歯ぎしりしたい思いだった。

「そちらも、前向きな話し合いの準備は整いましたか？」

「話し合うもなにも、相手が相手だからね」

彼がホットコーヒーのボタンを押した。缶コーヒーが落ちてくる音が、やたら響く。

「なにがそんなに気に入らないんです」

「この間も言ったとおり、やっていいことと悪いことの区別もつかない人間とは、まともな仕事はできないと思ってる」

「ご自分は、なんの瑕《きず》もないつもりですか？」

「少なくとも僕は、相手の立場をまず考えるね」

首を絞められたみたいに、息が詰まった。

わかってます、そんなこと。

なにも言えない私に、彼がさらに言葉をかぶせてくる。

「ま、相手も相手だ。趣味も悪ければ考えも浅いということを、自ら示してるようなもの。この会社でやっていくつもりがあるんなら、もう少し賢さが欲しいな」

頭の中が真っ白に吹き飛んだあと、怒りで赤く染まった。

握りしめた手のひらに、爪が食い込む。

「……よくも、そこまで」

宅間さんが、缶のプルタブを開けようとしていた手を止める。

「ん？」

「どれだけ高潔なつもりなんです？　人を好きになったこと、ないんですか？　なにを置いても一緒にいたくなるような相手に出会ったことは？」

「由岐！」

そこに、人影が飛び込んできた。

勢いよく駆け込んできて、私の前に立つ。いきなりすぎて顔も見えなかったけれど、声でわかった。高戸さんだ。

彼は私を背中のうしろに押しやるようにして、宅間さんに言う。

「すみません、こいつ、ちょっと借ります」

「ねえ、高戸さん、なに……」

「いいから」

腕を掴んで、どこかへ連れていかれそうになり、抵抗した。

そんな私を、宅間さんがふっと笑ったのが見える。また頭に血が上った。

「立場とか権利とか、偉そうに。胸を張れないことくらい、わかってます！」

「由岐、やめろ」

「本人が一番わかってます。それでもどうにもならないのを、どうして笑え……」

「由岐！」

ついに、手で口をふさがれた。高戸さんと目が合う。このバカ、と罵られているのがわかる。言わせてくれたっていいのに。悔しくて涙がにじんだ。

それを見たからなのかどうか。ふいに高戸さんの目が揺れて、厳しい表情が崩れた。彼は小さく息をつくと、私を解放し、宅間さんに向き直った。

「宅間さん、今回の件、俺もなりゆきでかかわってしまったんで、私見を言わせてもらいますけれども」

宅間さんは缶を持ったまま、表情ひとつ変えない。

「だれにも迷惑をかけていないじゃないですか。これに尽きると俺は思いますよ」

「知りたくもないのに知ってしまった人間からすれば、目について仕方ないんだがね」

「それでも、彼らはだれのことも傷つけてませんよ。宅間さんの美学には反するかもしれませんが、だからといって悪いことをしてるわけじゃありません」

背中にかくまわれている私からは、高戸さんの顔は見えない。だけど声の調子から、彼がかなり真剣に、聞いてもらおうとしているのがわかる。

まるで、彼の自戒の言葉のようにも聞こえた。

宅間さんはなにも言わない。

そのとき、張りつめた空気を溶かすような、軽やかな足音が近づいてきた。ひょいと顔をのぞかせた人物が、すぐに私を見つけ、にこっと笑う。

「あれっ、ユキさん」

どうして、よりによって、こんなときに辻くんが。

遅れて高戸さんに気づいたらしく、今度は複雑そうな表情になった。

「……こんにちは」

「やあ」

次に辻くんは、宅間さんのほうに顔を向ける。宅間さんが冷ややかな目つきでその視線を受け止めたとき、私は生きた心地がしなかった。

辻くんにまで失礼な言葉を浴びせる気なら、殴ってでも止めてやる。私が力んだのを感じ取ったのか、高戸さんが再度、私を自分の背後に押し込んだ。

辻くんはきょとんとした顔で宅間さんと目を合わせている。

その顔が、ふいに輝いた。

「あ、もしかして、同じ路線じゃないですか？　朝、たまにお会いしますよね」

どんな無遠慮な反応がぶつけられるのかと緊張したときだった。

宅間さんがふっと表情を緩め、うんうんとうなずいたのだ。

「そういえば、見るね」

「僕、監査部の辻といいます」

「営業三課の宅間です。辻くんて、うちの監査の担当だよね、名前は聞いてたけど。こんな若い方だったんだ」

「いろいろ勉強させていただいてます」

「こちらこそ、高戸に頼りきりの部署だけど、よろしく頼むよ。そこのおっかない由岐さんともども」

「そこまで怖くもないんですよー」

あはは、と笑い合って、宅間さんは販売機コーナーを出ていった。

……あれ？

辻くんはペットボトルの飲料を買うと、私たちを見て、なにか言いたそうな様子を見せる。だけど、「お先に失礼します」と控えめに微笑んだだけで、去っていった。

私は高戸さんに壁際に追いやられたまま、呆然としていた。

あれ？

宅間さんは、辻くんの顔を知らなかったんだろうか……？　そうだったとしても、名前を聞けば私の相手だってことくらい、わかったはずでは？

はーっと深いため息が聞こえた。

「どうしたの、高戸さん」

「どうしたのじゃない、なんで何度も電話したのに出なかった」

振り返るなり、私を指さし低い声を出す。やっぱり電話をくれていたらしい。

「あ……ええと、私用の携帯は、しばらく見てなくて」

「会社でも俺を避けてたな？」

「まあ……」

だって甘えてしまうと思ったから。さいわい高戸さんは仕事柄ほとんど社内にいないため、簡単だった。

彼が再び、くたびれ果てたようなため息をつく。

「お前、自滅するところだったんだぞ、俺に感謝しろよ」

「自滅?」

「宅間さんが言ってるの、お前と辻くんのことだと思ってただろう!」

「え?」

まずい。高戸さんの言っていることが、まったく理解できない。

「思ってただろうって……?」

高戸さんはちらっと背後を確認すると、さらに人目を避けるように、私をうしろの壁に押しつけ、柱の陰に隠れた。低めた声で、鋭く言う。

「あの人が当てこすってたのは子安さんのことだ。促進課の若い子を、新人の右も左もわからないころに……言いかたは悪いが食って、その後も関係を続けてるんだよ」

目がぽろっと落ちてしまうんじゃないかと思った。そのくらい見開いた。

え……ええーっ⁉

「こ、子安さんて独身?」

「そうじゃなかったら俺があんなこと言うか」

「高戸さんは知ってたの?」

「うまく隠してるほうだと思うが、知ってる奴は何人かいる」

口の閉じかたを忘れてしまった。

じゃあ、なんで私は、あんなに腹を立てたんだ……。というか、なんであんなに腹を立てたと思われていたんだ……。

そうか、だから宅間さんは私が噛みつくたび、ちょっと不思議そうにしていたのか。

「お前、辻くんの話をするところだったろう」

「だって……」

「絶対誤解してると思ったよ。俺がどれほど焦ってたか、想像してみろ！」

「ごめんなさい……」

間一髪のところで助けてくれたわけだ。私は完全に、神経過敏と自意識過剰に陥っていた。だけどまあ、ある程度仕方なかったと思いたい。

「なら、宅間さんはどうしてあそこまで言ったの？」

「潔癖な人だし、単純に、子安さんと仲が悪いんだ。本当に仲が悪い。昔から」

「ああ……」

「普段からなにかにつけ、あんなふうに角突き合わせてる。うちは監査対応には自信があるだけに、濡れ衣を着せられることが我慢ならなくて、切り札を出したんだろ」

めまいがしてきた。ずるずると座り込む私に、高戸さんがぎょっとする。

「大丈夫か」

「自分が、わけもなく喚き散らしてたように見えていたと思うと……」

「気にするな。くだらないことで仕事の邪魔すんなって、正当な主張だったと思うぜ」

「でも、それならほかに、もっと言いようが」

「あのなあ」

彼はあきれた声を出し、くしゃくしゃと私の頭をかき混ぜた。

「由岐はなんでもきれいにやろうとしすぎる。俺だって若いころは、頭に来て会議で声を荒げたことだってあったよ。それでいいんだよ、みんな通る道だ」

「高戸さんとは格が違うもの……」

「なんだお前、鬱陶しいな、今日」

卑屈な気分のところに、容赦ない言葉が突き刺さる。ぐっと詰まった私を、高戸さんが笑った。

「悪いって言ってるんじゃない。むしろそういうところも、出していったらいい。みんなけっこう受け入れてくれるよ」

「私、きどってます？」

「失敗するわけにいかないって気を張ってるのは、見ててわかるよ。ほかの奴は知らないが、少なくとも俺はわかる」

昔から見てきたからな、と言う、優しい声。私が新人で、彼が営業部のスーパーエースだったころを思い出した。

研修の短い期間しか同じ部署にはいなかったけれど、とにかくかっこよかった。当時から、営業部の高戸といったら、知らない人はいなかったのだ。

「辻くんとのこともそうだけど、もっとやりたいようにやったらいい。非難する奴らばかりじゃない」

「でも、宅間さんみたいな人もいる」

「そりゃいるさ。でも俺みたいに、味方する奴もいる。子安さんみたいに人のこと言えないって人も、少なからずいる」

私は吹き出した。高戸さんも安心したように目を細める。

「お前、この間からひどい顔なの、わかってるか。ボロボロだぞ」

「わかってます」

「毎日、正面で見てる辻くんは気が気じゃないだろうよ。早く安心させてやれ」

安心……。

「さっき自分で言ってたろ、宅間さんに。あれをそのまま伝えればいいと思うけど」

「……どうやって」

「頭に血が上ってたので、覚えてません」

「そうかそうか」

意地を張る私をおかしそうに笑った。と思った瞬間、私の腕を掴むと、とても逆らえないような力で引っ張り上げる。私は吊られるように立ち上がり、よろけた。

「なんて許すと思うか。いいから追いかけろ。まだそのへんにいるだろ」

「追いかけろったって……」

「お前、辻くんの気持ちを考えたことがあるのか。妙な体面にばかりこだわってないで、まず彼を幸せにしてやれよ」

突き飛ばされるように背中を押され、そのまま惰性で走った。

辻くんを幸せに？　私が？

エントランスを出ると、外はもう暗く、息が顔の周りで白く散った。高戸さんの言葉が、コマンドのように私を動かして、気づけば辻くんの使う駅を目指していた。

――まず彼を幸せにしてやれよ。

でも、どうやって。

――体面にばかりこだわってないで。

だって、非難でも浴びたら、彼が傷つくから。

――辻くんの気持ちを考えたことがあるのか。

一緒にいたいと思ってくれているのはわかった。もうそれはできないと決めたときは、申し訳ないと思ったし、それでも守りたいと思った。

そういうことじゃなくて?

私、まだなにか間違えている?

地下鉄の入り口が見えてきた。やっぱりもう遅かったらしい。ここまでの道で辻くんと会わなかったということは、もう彼は電車に乗ったか、別のルートを使っているかだ。探しようがない。

帰ろう、とあきらめかけたとき、すぐ脇のコンビニからふたつの人影が出てきた。

スーツ姿の男性はすぐにわかった、辻くんだ。

並んで歩いている女性は……加藤木さんだった。

駅のほうへ歩いていくふたりを見ながら、バカみたいだと自嘲した。

バカみたいだ、私。

今度こそ帰ろうと決心した。ただ、帰るには彼らと同じ方向に進む必要がある。私の使う駅は、その先にあるのだ。

ふたりのうしろを歩くのは耐えられそうになかったので、緑地公園の中を通って回り道することにした。

やっぱり、勘違いだったんだよ。辻くんの幸せが、私の手の中にしかないなんて、そんなわけないじゃない。ほかの人にだって、あげられるものだったんだよ。

それならそれでいい。だれからもらうのだろうと、辻くんが満たされるなら。

寒さに震えながら、青白い照明が控えめに照らす細い道を歩く。ポケットの中に入れている手が、いつまでたっても温まらない。

木々に囲まれた小道を抜けると、淡く光る地下鉄駅への降り口が見える。そこを目指して歩道に出たとき、はっとした。

車道との間を仕切る柵に腰かけた、スーツ姿の人影。

会社のほうへ続く道に向けられていた顔が、私の気配に気づいて、こちらを向く。

予想外のところから私が現われたせいか、辻くんはぽかんとして、それからだんだんと、ふてくされた表情になった。

「……遅かったのは、高戸さんといたから？」

聞いていいのか迷っているような声で、居心地悪そうに視線を泳がせている。

どうしてここに辻くんが？

立ち尽くす私に、どんな答えが来ると思ったのか、彼は腰を上げると「すみません、帰ります」と早口で言い、道を戻ろうとした。

考えるより先に声が出た。

「違うよ、待って！」

走り出しかけていた足が止まる。ためらいがちに、顔だけがこちらを振り向いた。

ぎゅっと結ばれた口と不安そうなまなざしが、小さな子どもみたいに見える。

「あの……」

私は今さら口ごもった。

「違うの、辻くんを追いかけたんだけど、あの……加藤木さんと一緒なのを見て、別の道を通ったの。邪魔しちゃ悪いと思って……」

違う。なんでこう、すぐに見栄を張るんだろう。

焦って声が上ずる。

「あの、今の嘘。邪魔したくなかったんじゃなくて、ただ見ていたくなかったの。仲よさそうだったから」

「……偶然会っただけだよ」

「そうなんだろうけど、それでも」

目をあちこちさせて、しどろもどろになる私を、困ったような顔で辻くんが見ているのがわかる。恥ずかしい。

「それで、なんで追いかけてきたかっていうと」

落ち着きなく腕をこすりながら、「いうとね……」と今ごろになって答えを探す。

ふと目が合った。私がつけた傷が、まだ刻まれたままの目。なにか言いたそうに、言ってほしそうに揺れている。

——俺、手をつなぐのが好きなんだよね。

ふわふわした甘い笑い声と一緒に、右手を握る温もりがよみがえってきた。

——もしかしたら、今してるのが二度目。

——ユキさん、うちの匂いがする。

胸が激しく揺さぶられた。

ああ、そうだ。いつだって辻くんは言ってくれていたのに。

そばにいるだけで幸せなんだって。

「私、辻くんが好きなの」

声と一緒に、胸の奥から引きずり出されるみたいに、気持ちが溢れてきた。

同時に涙も湧いてくる。

「ごめんね、今ごろ」

熱い塊が喉をふさいで、声が詰まる。

ごめんね、こんな傷つけたあとで。もらうだけもらって、一度逃げたあとで。

「好きなの」ともう一度言ったとき、辻くんが反応した。身体ごと、ゆっくりこちらに向き直る。訝《いぶか》るように、ぎゅっと寄せられた眉。

「なんで今言うの」

糾弾するような口調に、身体が震えた。

「ごめんなさい……」

じっと私に据えられていた瞳が、次第に潤みはじめる。

彼の声も揺れていることに、私は今ごろ気づいた。

「ここじゃ、抱きしめることもできないじゃん……」

その声が、すねたような、甘えた口ぶりでそう言うのを、泣きながら聞いた。

明日の匂い

飛びついて、ネクタイを引っ張って一度キスをした。

目を丸くしている辻くんを、公園の中に引きずっていき、ベンチに放り投げる。

「いって！」

「ここなら道路から見えないでしょ」

「腰打った……」

はいはい、ととりあえず黙らせるキス。

真ん中に仕切りのあるベンチは窮屈で不自由だ。ふたりぶんのスペースに折り重なるようにして、相手の唇を貪った。

「……どういう心境の変化？」

「話すと長くなるから、あとでね」

「いいけど」と言う顔は、不満そうに口がとがっている。

突然彼が、「あ！」と小さな声をあげた。私の頭を乱暴に引き寄せ、自分の胸元に押し当てる。スーツに顔をぶつけるはめになって、私はもがいた。

「しっ」

歩道を歩く、コツコツという足音が近づいてくる。公園の入り口のあたりで少し止まると、遠ざかっていった。

「加藤木さんだ」

「別れてきたんじゃないの？」

「俺、寄るとこあるって言っただけだから……もしかして待ってるのかなあ」

まんざらでもなさそうな声だ。

「なにが『偶然会っただけ』よ？」

「それは本当のことだもん。なにその怖い顔？」

そんな顔してません。

私は身体を起こし、さりげなく顔をそむけた。

「俺が彼女といるのを見て、頭に来たの？」

「頭に来たっていうか……」

「悲しくなっちゃったの？」

そう真っ向から言われると。

黙った私の顔を、辻くんが両手で挟んで、自分のほうに向ける。満足そうな表情で私を観察して、くすくす笑った。

「お似合いだったから」

「俺とユキさんも、似合ってると思うけどなあ」

「それは……」

見る人によると思う、正直。

煮え切らない私に、彼が軽いキスをする。

「だったら、別に似合わなくていいから、俺はユキさんと一緒にいたいよ」

「うん……」

「好きだよ、ユキさん」

間近で絡む、お互いの視線。ようやく、彼の目をまっすぐ見つめられるようになった気がする。

うん、という返事は、キスで消えた。辻くんは私をぎゅっと抱きしめて、心の底から嬉しそうに、ため息みたいな声でささやいた。

「やっと言えたよ……」

「これからどうする？」とその夜、彼が聞いた。

私は、うーんと言葉を探す。

「隠したいのは変わってないけど、それは、単に仕事場に持ち込むのがいやだからで」

「もしばれても、しらばっくれたりはしない？」

「うん。考えたんだけどね、私がちゃんとしていれば、辻くんまで悪く言われたりすることは、ないんじゃないかなって」

辻くんが身じろぎすると、シーツがこすれてシュッと鳴る。

「はい、減点」

「待ってよ、なにが」

いきなりのダメ出しに戸惑うと、頬杖をついた彼が、じろっとこちらを見た。

「また俺を仲間外れにしてるから、減点」

「仲間外れって」

「なんで〝ふたり〟って言わないの？　俺たちふたりがちゃんとしてたら、非難も少ないだろうし、されたところで耐えられる。それでいいじゃん」

「マネージャーと一般社員の責任は同格ではないのよ」

「屁理屈こねないでくれる？」

耳を甘噛みされ、思わず肩をすくめる。

「俺も考えたよ。別に応援してくれなくていいけど、見て見ぬふりしてくれるくらいの人が、たくさんいてくれたらいいなって」

話しながら、彼が私の手を取った。指を絡めて、きっと無意識に、唇を優しく押し当てる。吐息の熱がくすぐったい。

「それにはね、仕事をちゃんとして、こいつのやることならって信頼してもらう。それしかないと思うんだよね」

「結局、やることをやるだけなのかな」

「たぶん、そうだよ」

だったら、これまでとなにも変わらない。

大げさぶって、離れてみたりピリピリしてみたり。いったいなんだったんだ。

「そんなもんなんだよ」

温かい、長い腕が私抱き寄せた。

のぞき込むように落とされる、優しいキス。

そうだね。

そんなもんなんだね。

＊＊＊

「由岐さん、これー？」

「そう、ありがと！」

私の好きなカクテルの瓶を、布施くんが放ってくれる。

悠々とベンチに陣取って、それを開けようとしたところに、嗅ぎ慣れた煙草の匂いが降ってきた。

「よお」

「高戸さん」

隣に腰を下ろしながら、「にぎやかだなあ」と煙を吐く。

年内最後の出勤日である今日は、飲めや歌えやの納会なのだ。定時後を使って、一年に二度だけ開放される本社ビルの屋上で行われる。飲食飲酒自由、全面喫煙。古きよきサラリーマンたちの作法による、夏と冬のお楽しみだ。

人が多いせいか、手すりに取りつけられた照明のせいか、吹きっさらしにもかかわらず、不思議と寒さを感じない。

私はニットにストールを羽織っただけの姿で、必ず取り合いになる数少ないベンチを絶対に手放すものかと居座っていた。

「冬休みは、ちゃんと休めます？」

「うん。ひとり旅でもしてこようかと思ってる」

「そういうの、お好きでしたっけ」

乾杯、と私の瓶に、彼が持っていた缶ビールをぶつけた。

「時間さえあれば、わりとな」

へえ。知らないことって、意外とあるものだ。

パンプスのつま先がステージの照明を反射して、くるくる色を変えている。

「高戸さあん」

弾んだ声と共に、辻くんが駆け寄ってきた。高戸さんが「よう」と微笑むと、ぱっと顔を輝かせる。それから私に気づいたらしく、とたんに冷静な声に戻った。

「なんだ、ユキさんもいたの」

「なんだってこと……」

言いかけて、目を疑った。辻くんが煙草をくわえていたからだ。

身を屈めて高戸さんに火をつけてもらい、にこにこしている。ふっと一筋煙を吐き、私の視線に気づいた。ぎくっとする様子を見せたのが、なんだか気に食わない。

「どうした？」

「ユキさんの前で吸ったこと、ないんですよ、僕」

肩身が狭そうに、ぼそぼそと高戸さんに耳打ちする。聞こえてますからね。

「そうなのか、なんで」

「いい子にしてないと怒られるから」

「怒るわけないでしょ！」

辻くんは私から逃げるように、「ほら怒った」とさっと高戸さん側に回った。

「そんなんで怒るなよ、お母さんか」

「お母さんとか、冗談でもやめてもらえます……？」

青筋を立てる私を、ふたりが笑う。

「いつも部署で飲んでても吸わないのに、なんで？」

「今日は、コミュニケーション」

煙草を挟んだ指を口元に持っていくと、辻くんは生意気に目をすがめ、にっと笑って去っていった。すぐに集団に溶け込んで、見えなくなる。

「知らないところでずいぶん仲よくしてたのね」

「今ごろ気づいたのか。お前の話も聞いてるぜ」

「なんて？」

「やきもち焼きで困るとか」

舌打ちしたい気分でカクテルのふたを開けたとき、高戸さんが「俺さあ」と言った。

「はい」

「お前にあえて黙ってて、しまいに本気で言い忘れてたことがあるんだけど」

「なんですか」

「離婚、成立してるんだよ、とっくに」

……思考が停止した。

なに……どういうこと？

隣を見ると、組んだ脚に頬杖をついて、冷静な目が見返してくる。

「こぼれてるぞ」

「きゃー！」

瓶から吹き出す炭酸で、スカートに水たまりができていた。慌てて立ち上がって払い落とす。無色のカクテルだから、ひどいことにはならないだろう。

「あの、とっくにって、いつ？」

「半年くらい前かな」

……辻くんが来る前じゃないか。

私は呆然としたまま再び座り、彼を見た。

「あえて黙ってたって、どうして……」

「だって、お前からしたら、構えちゃうだろ。決断を迫られてるみたいでさ」

困ったことに、なにも言えない。

そんな私をちらっと見て、高戸さんは続けた。

「あの時点で、そんな急に関係を変える気もなかったし。いずれ教えればいいやと思ってたら、辻くんが現れて」

「指輪も外さなかったの？」

「ある日いきなりしてなかったら、どうしたのって聞くだろ？」

「まあ……」

「ここ最近は、ちょいちょい、もう言わないとなと思ったり、またすぐ忘れたりだったんだけど、この間、外せるかって言われたとき、本格的に思い出して」

つまりけっこう本気で忘れていたわけね。

ということは、辻くんが戦っていた高戸さんは、実はずっと独身だったのだ。

なんだろう、この複雑な気分……。早く言ってよ、というのもおかしい。

「ああ外してやるよって思ったんだけど、お前のほうがリタイヤしやがったから、そこでもタイミング失って」

「あれは、ほんと、ごめんなさい……」

思い出すだけで赤面する。

スタンドタイプの灰皿を引き寄せ、高戸さんが短くなった煙草を捨てた。上着の胸元を少し開けて、シャツの胸ポケットに指を入れる。

「辻くんが来たとき、あ、この子たぶん由岐に惚れるなと思って、まあ、ふざけんなと思ったのも確かなんだけど」

「はあ……」

「でも、彼が由岐を持ってってくれたらいいなとも思った」

ライターの火で、口元を囲う手が一瞬照らされる。高戸さんは、次の言葉を待つ私には目を向けず、深々と一服を楽しんだ。

「俺は、身軽になったとはいえ、一度失敗した身だから」

ステージでは有志のバンドと、新人による出し物が行われている。群がる観客たちの喧騒が、別世界からの音のように届いた。

「由岐には、あの子のほうがいいんだろうって」

「……そんなこと考えてたの」

「まあ、戦う気はあったよ。俺だって欲しかったし。でも、辻くんのことも本気で応援してた」

高戸さんて、こういうとき、目を見ないんだな。いつもこっちが怯むくらい、まっすぐな視線をくれる人なのに。

「奥さんのこと、聞いてもいい?」

「いいよ」

「どうしてダメになったの?」

どう言おうか迷っているように、しばらく黙っていた高戸さんは、やがて煙草を指に移して、話し出した。

「幼なじみだったんだ、向こうのがひとつ下。昔は俺も向こうもけっこう好きに遊んでて、つきあったことはなかったんだけど、仲はよかった」

そういえば、高戸さんの身の上話的なものを聞くのは、はじめてかもしれない。

「周りが結婚とか言いだす時期に偶然再会して、なんとなくお互いその気になって一緒になった。気心も知れてるし、うまくいかないわけないって思ったんだよな」

「だれでもよかったみたいに聞こえるけど」

「そう言われても仕方ないくらい考えなしだった」

苦い思い出を反すうするように、くすっと笑う。

「最初はよかったんだ、お互い仕事してたから、ぶつかる暇もなくて。そのうち向こうが仕事をやめて……そのころからだな、うまくいかなくなったの」

「それ、いつごろ？」

「結婚して二年くらいかなあ。今思えば、甘えがあったんだよな。お互いゼロからすり合わせるような仲じゃないはずだっていう思い込みがさ」

「ケンカした？」

「ケンカにならなかった。なにを言っても耳を貸さないし、こっちの言葉を否定するだけで、議論ができなくて。もう無理だと思って、俺から離婚を切り出した」

「もめた？」

「うーん……一般平均を知らないが、俺としては、それなりに」

恥ずかしそうに、煙草をくわえて苦笑する。

この人にも、苦しくてあがいた私生活があったのだ。私は、なんとなく彼のそういう姿を、想像することから逃げていた気がする。

「で、一年以上別居して、そうすると頭も冷えて、そろそろ話し合いもできるかなと思ったころ、向こうが妊娠した」

「え」

「いつの間にか男を作ってたらしい。すぐにでも離婚したいって言ってきた。おかげですんなり別れられたんだが……なんていうか」

「むなしい」

「それ」

そりゃそうだろうなあ。想像するだけで、こっちの心も乾いてくる。

「しかも、産まれたら俺の子になるんだと。法律的に」

「ええ⁉」

「離婚後十カ月以内に産まれる子供は、一律そういう扱いになるらしい。生後に家裁を通して、そんなわけねーだろって証明する手続きをしないとならない」

「気が抜けない……」

「まったくだよ。なにしてくれてんだよって思ったよ、正直」

髪に指をうずめて、うんざりと言う様子は、これまで見たこともないくらい人間くさくて、これはこれでいい。

「でもまあ、お前を連れ出すようになったころはまだ籍抜けてなかったし、俺も人のことは言えない」

「ほんとにね」

「今の話だって、俺が話したから嫁のほうが悪者みたいになってるけど、向こうが話せば、きっと違う話が聞けるんだぜ」

「どんないさかいだって、多かれ少なかれ、そういうものよ」

元気出して、と背中を叩くと、彼は今度こそおかしそうに、気が楽になったように、明るく笑った。

「お前が辻くんとまとまってよかったよ」

「ほんとにそう思ってる？」

「また試すのか？」

煙草をくわえて、人の悪い笑みを浮かべる。

「そう」

「思ってるよ、残念だろうけど」

「ちょっとうぬぼれが強すぎない？」

図星だったにもかかわらず、意地を張ってみた。高戸さんはゆっくり煙草をひと吸いし、穏やかな声と一緒に、煙を吐いた。

「お前が懐いてくれたのは、いつでもブレーキを踏む理由があった俺だろ」

なんの反応もできないのは、そのとおりだからだ。

「……今の高戸さんもすてきだけど」

「サンキュー、辻くんには俺から伝えとくよ」

「やめてよ！」

そこに、当の辻くんがまたやってきた。私たちのぶんまでお酒を携えて、ふくれっ面をしている。

「まだ座ってる。あのね、目立ってますよ、おふたり」

そういえば、と気づき、高戸さんに小声で聞いた。

「さっきの話、辻くんには……」

「お前より先に言うわけないだろ」

ええーっ……。

じゃあ、この先どこかで、辻くんがそれを知るときが来るのか。そこしか勝っていない、と本人自らが言っていたのに……。

「お前から言ってくれてもいいけど」

言えるわけないでしょ！

「そうだ、辻くん、これ」

思い出したように、高戸さんがなにかを辻くんに渡した。

「うわ、ありがとうございます！」

辻くんは両手で受け取り、大喜びしている。たぶん車のキーだ。

「なんですか？」

「俺の車に乗せてやる約束をしてたんだ。この休みはもう車動かさないつもりだから、好きに使ってもらおうと思って」

どれだけ仲がいいんだ。

すっかりおもしろくない気分になり、そっぽを向いて新しい瓶を開けたとき、目の前に人が立った。革靴からスラックス、ワイシャツ、と見上げていき、やがて眼鏡と小さな吊り上がった目にたどり着く。

「子安さん」

「一年お疲れさま、乾杯」

彼は無表情に言って、持っていたプラスチックの透明なコップを差し出す。私も慌てて自分の瓶を、下からトンと合わせて乾杯した。

「……お疲れさまでした、来年もよろしくお願いします」

「あんたの武士道精神に、感謝するよ」

「武士道？」

「今後は監査にも前向きに取り組む。まあそもそも僕は、本来、会計処理は経理部門もしくはそこからの委託者が行うものと思っているし、昔は実際そうだった」

「はい」と突然始まった語りにびっくりしながら、拝聴する。

「けど経営が怪しくなると委託を切り、派遣社員を切り、その業務を全員で負担させ、危機が去ったあとも〝それで回ってるんだからいいじゃないか〟と会社は体制をもとに戻そうとしない」

だれに聞かせているのでもないと言わんばかりに、あらぬ場所を見ながらぼそぼそとしゃべっていた子安さんが、ようやく私の目を見た。

「専門知識もない人間に専門的な業務をやらせ、間違えば罰するというのはおかしい。常々僕は会社にもそう訴えているが、改善される見込みはない」

「おっしゃること、よくわかります」

「でもまあ、現時点ではそれも〝本業〟のうちだ。ミスが許されないのは当然、そう思うことにするよ」

正直なところ、若い女の子がこの人に〝食われた〟と聞いたときには、宅間さんではないけれど、趣味がどうかしているんじゃないかとちらっと思った。

でも、少しわかった気がする。あくまで少しだけ。

不器用な人なのだ。

「ありがとうございます」

「来年もよろしく頼むよ」

「促進さんは、会計以外の部分でも非常に危ない業務フローが見られますので、そこもよろしくお願いしますね」

ついでに言い添えると、かわいらしく見えなくもない顔が、不本意そうに曇る。そこに辻くんがほがらかな声をかけた。

「子安さん、僕、促進さんの業務マニュアルを直しましたんで、年が明けたら一緒に実務に落とし込む時間ください」

子安さんの顔が一瞬緩む。すぐに威厳を保つようにきりっと真顔に戻ると、挨拶もなしにまたどこかへ歩いていった。

「……武士道ってなんのことですか?」

「秘密の話」

辻くんが「なにそれ」とふくれる。

私も今気づいた。子安さんには、私が彼のために宅間さんと戦ったように見えていたのだ、そりゃそうだ。

そんな高潔な身分じゃなかったのになあ……。

申し訳ない気持ちになっていると、高戸さんが私のつま先をコンと蹴った。

「気にするな、賛辞はありがたくもらっておけ」

都会のど真ん中、ビルの屋上でくり広げられる大宴会。今日が終われば、次に会うときはもう新しい年になっている。

ちょっとした誤解を、わざわざ正すこともないのかもしれない。それがハッピーな結果をもたらしそうなら、なおのこと。

「そうします」

「ねえ、俺にわからない話、しないでください」

辻くんが素直に文句を言う。私も高戸さんも、声をあげて笑った。

喉を通るカクテルはひんやり心地よく、ストールに包まれた肩は温かく、空気は煙草くさく、目の前の集団はみんな気のいい仲間たち。

騒がしい音楽が、ほろよいの脳を満たす。

遮るもののなにもない、すこんと抜けた夜空を見上げた。

うん。悪くないんじゃない？

＊＊＊

「ユキさん、なにか届いてます」

「だれから？」

「社内から……」

年明け、挨拶回りや溜まったメールの処理で慌ただしく、どこか浮ついた雰囲気の中、辻くんが言った。ひと抱えほどの、お年賀ののしのかかった箱を持っている。

伝票を見ると、別の事業所からだった。

「これ、あそこですよね、出張監査に行った」

「そうだね、でも個人名で来てる、これだれだろう……」

ふたりの連名になっている。辻くんと私は同時に「あ」と声をあげた。

「あれですね、あの、女性ふたり」

「そうだ、でもなんで？」

「開けますね」

中は焼き菓子のセットだった。箱をひっくり返していた辻くんが、「メモがついてる」と付箋をはがす。

「えーと……〝ユキ課長さん、社内報見ました。めっちゃかっこいい！　同じ女として応援します。辻さんにもよろしく〟」

スマイルマーク、と律儀に音読し、ぽかんとしてこちらを見る。

「誤解してたみたいです、俺」

「お礼のメールを入れておこう」

「俺も個別に書こうかな。来期も行くんですもんね」

「そうだよ、次は辻くんがメインでね。薫子にも教えてあげよっと」

「きっと喜びますね、あ、うまい」

さっそく口をもぐもぐさせながら、辻くんは、「配っておきますね」と箱を持って仕事に戻っていった。

「新年おめでとう！」

「由岐さん、誕生日おめでとう！」

どうもどうも、と部員からの乾杯を受けた。

　年が明けて二週目、ようやく全員の日程を合わせて監査部新年会を行うことができ、それが偶然、私の誕生日の前日だったのだ。

　ついでに祝福されつつも、ついに三十歳という事実もずしりとのしかかる。

「ついに三十歳か」

「うっ……」

　みんなが避けてくれていたフレーズを、わざわざ口にしたのは勝田部長だった。

「独身」

「うっ……」

「相手……は、いるのか。そこはセーフだな」

「独身はアウトなわけですか」

　ジョッキを口にしつつ言い返した。

　お座敷席の、私の正面に座っている部長が、じろじろと無遠慮に眺めてくる。

「まあ、恵まれてるほうだろ、職場にも仲間にも。あとまあ、見た目も悪くないし」

「由岐さんは地位もありつつ、女性らしさもあるのがいいですよ」

　布施くんが早くもピンクになった顔でにこにこ笑う。

「女を捨てれば男になれるんなら、仕事の間くらいは捨ててもいいんだけどね。あいにくそうじゃないのよ」

「三十歳ってどうです？」

間山さんがストレートに聞いてきた。

「うーん、二十九歳より気楽かも。独身で二十九って言うと、たいてい『ギリギリですね』みたいなことを言われるから、特に男の人に」

「髪を切れば『失恋したの？』ってやつですね。おもしろいと思ってるんですかね、ああいうの」

「ねー」

ふたりだけの女同士、聞こえよがしにそんな会話を楽しんだ。

「ユキ」

帰り道、二次会に行く組と駅に行く組がなんとなく分かれたところで、駅に向かう私に、部長が追いついてきて並んだ。

声音から、まじめな話かなと思い、それなりの態度で聞く。

「はい」

「お前、あきらめるなよ、結婚とか」

思わず、酔っ払い相手に胸倉を掴みそうになった。

「別になにもあきらめてないんですけど……？」

「違う、違う、そういう意味じゃない」

「じゃあなんですか」

「お前、立場とか気にして、プライベートを後回しにしそうだからさ。したくなったときにしていいんだぞって言いたかったんだ」

スタンドカラーのおしゃれなコートに手を入れて、部長が白い息をふわふわと吐く。

「結婚して、望むなら子供も作ればいい。休んで穴を開けたってかまわない。埋めるのが俺の仕事だ。やりたいことは全部やれ」

辻くんみたいなことを言ってくれている。

「で、戻ってきて、時短を取って子どもの熱で有給を使い切って、これが女性の人生だと会社に教えてやれ。次の世代の女性のために」

ゴム底なんか男じゃない、と言ってはばからない勝田部長は、よほどの悪天候でない限り、革底の靴でいい音をさせている。

今もコツコツと、紳士の音がする。

「はい」

「あのな、部下の女が独身のまま三十歳を迎えたりすると、正直、ちょっと気にするんだよ、プレッシャー与えてるのかなとか。だからさっさと結婚してくれ」

「好きでひとりの人だっているでしょう」

「お前はそういうタイプじゃない」

鋭い……。そう見えるかどうかはともかく、私は気が弱く、〝一般的〟でありたい願望はそこそこ強い。情けない話、さみしがりやでもある。

「部長の下にいるうちにできるよう、考えます」

「頼むぞ、泣けるスピーチしてやるから」

使う路線が違うので、地下に下りてから彼とも別れた。気障《きざ》な仕草で、うしろ手に手を振ってくれる。

私の相手も自分の部下だと知ったら、きっと驚くだろう。

まあ、まだ二十六歳の辻くんに、今の話は酷だから、しないけれど。

部長。私、あなたの下にいられて本当によかったです。


「よりによってこんな日に新年会とか……」

「どうしたの」

日付が変わる直前、辻くんが部屋に飛び込んできた。あたふたと慌てた様子で上がり込み、鞄を投げ捨てて勢いよく抱きついてくる。

自宅方面の電車に乗ったあと、乗り継ぐか引き返すかしてここに来たはずの彼は、まだスーツで、シンプルなステンカラーのウールコートを羽織っている。

これを着ている辻くんは、とてもかわいいと実は思う。

……と、ちょっと待って。

「ねえ、いきなりなに」

「時間がないんだって」

「どういうこと?」

すでに部屋着になっていた私の服に、襲いかかるように手をかけて、下だけ引っ張り下ろしつつベッドに突き倒す。わけもわからずスプリングの上で弾んだところに、コートだけを脱ぎ捨てた身体が転がり込んできた。

「せめてそっちも脱いでよ!」

「あとで」

短く言うと、まさかと見守る私の前で、手早くベルトとスラックスの前だけ外し、手探りで私の様子を確認して「あ、いけそう」とつぶやいたかと思うと、待って、と言う間もなくのしかかってきた。

「ちょっ……」

この！　痛くはないけど、あんまりだ。

勝手に私を抱きしめて、ひとりで満足そうな息をついている頭を、思わず殴った。

「いてっ」

「信じられない、なんなの、いきなり！」

「ええ、わからないの？」

頭の横に手をついて、よいしょと身体を起こすと、腕時計を見る。

「あ、ちょうどだ」

くるっと左腕を裏返し、こちらに文字盤を見せて、にこっと笑った。

「ほら、誕生日おめでとう」

さかさまに読み取れた時刻は零時少し過ぎ。ようやく彼の思惑がわかって、私はくたりとベッドに身を投げた。

「それは、ロマンチストの部類に入るの？」

「ごめんってば」

「何事かと思ったよ……」

「でもう、いい感じだよ」

ほら、と揺すられると、悔しいことに言われたとおり、甘い痺れが頭の先まで伝ってくる。素肌に当たる、彼の服が気になって「早く脱いで」とせがんだ。

上着を脱いで、ネクタイを取って、ワイシャツはカフスボタンを外しそびれて突っかかって、慌てた自分に照れながらTシャツも脱いで、腕時計も外す。

私の服も脱がせると、なめらかで熱い身体が、改めて倒れ込んできた。

「誕生日おめでとう、ユキさん、好きだよ」

「ありがとう」

ぎゅっと抱きついて、じゃれついてくる。その背中をなでた。

「半分しか返事ないけど」

「…………」

意地を張る私に、催促するように、ぐいぐいと身体を押しつけてくる。

やめてよ、と唇を噛んで耐え、潤んできた目を開けたときには、辻くんの顔にも、さっきまでなかった色が見えはじめていた。

腕が枕元に伸びて、照明を落とす。オレンジ色の光の中で、目が慣れないせいで黒い影になった彼が、熱く濡れたキスをくれる。

無言で貪るうち、どちらも息が上がった。

首に噛みついてくる頭を抱きしめる。彼の髪が汗で濡れているのがわかる。辻くんは、その手を優しく引きはがすと、指を絡めてシーツに押しつけた。

どうしてか、手のひらから流れ込む感覚が、一気に身体を駆け巡って、私はぎゅっと辻くんにしがみついた。

様子が変わったことに気がついたんだろう、首に押し当てられていた唇が、肌をまさぐるようにして上ってきて、深いキスを落とす。絡む舌と、重なる吐息。

「すごい幸せ」

ぽろりと降ってきたつぶやきに、胸がきついほど鳴る。

向こうの背中に回した手に、全力を込めた。

「私も」

どうして気づかないふりをしていたんだろう。

顔を見ると気持ちが明るくなって、声を聞くと元気が出て、話すたびに好きなところを知って、一緒にいると離れたくなくて。

それが恋でなくて、なんだというのよ？

「好きだよ、辻くん」

一瞬、動きが止まる。手が痛いほど握られて、「うん」という声が聞こえた。

その声が、今にも泣きそうな声に思えて、私はたぶん、この先ずっと、彼を待たせたあの短い期間のことで、小さく悔やみ続けるんだろうと思った。

＊　＊　＊

「ごめんな、黙ってて」

「え……」

フォークを宙に浮かせたまま、辻くんは停止してしまった。

高戸さんが、大丈夫かこれ、という目を私に向ける。わかりません、と首を振った。大げさにならないようにと、平日のランチのタイミングを狙ったんだけれど、あまり意味はなかったかもしれない。

「え、てことは……あの」

辻くんは食べかけのパスタを、巻きつけるでもなくぐるぐるとかき回しながら、呆然とした声を出す。

「別に、高戸さんがユキさんと……、……ても……わけで」

「え、聞こえない、なに？」

顔色が悪くなってきている。彼はついにフォークを置くと、テーブルの上で拳を握りしめて、うつむいてしまった。「まずい」とぶつぶつ言っているのが聞こえる。

「ウィングマンの仕事力に、TTSの財力、エイトの統率力……」

「うしろのふたつは私の価値観じゃないからね、言っとくけど」

「なんでそんな平然としてるの？」

「なんでって……」

辻くんが、じろっと私をにらんだ。

「だって、私にはもう関係が……」

「ない？　本気で言ってる？　じゃあ高戸さんが独身て聞いたとき、どう思った？　嬉しいって、ちょっとでも思わなかった？」

「それ、は……」

口ごもってしまう自分が情けない。辻くんの目は、ほら見ろとでも言いたげだ。

「違う、それは、これまでのことが、なんの倫理にも反してなかったんだってわかって、安心したっていうか」

「これまでのことってなに」

「今はいいでしょ、そこは」

「いいかどうかは俺が決めるよ」

「まあまあ、落ち着けよ」

見かねた高戸さんが仲裁に入った。四人掛けのテーブルで、ソファ側に並んだ私と辻くんは、じろりとにらみ合って、無言のまま食事に戻る。

「なにをしてるんだよ、仲よくしろよ」

「僕はね、高戸さんの、社内報のコメントを見て、危機感を新たにしたところだったんですよ」

レモン水を飲みながら、辻くんがふてくされた声を出した。

高戸さんのって……そんなに特別なことが書いてあっただろうか。

「知ってる人間から見たら〝俺の女〟気取りですよ、あれ」

「それは辻くんの邪推だろ」

「僕が邪推できるように書いたんですよね？」

高戸さんが「偉い、賢いな」と笑うと、辻くんが「犬じゃないんで！」と釣られる。

まあまあ、と今度なだめたのは私だった。

そんな意味深なコメントだったかなあ……？　うーん、と思い返してみる。

――由岐さんの第一印象は？

『動けそうな新人が来てくれたと思いました。元気がよくて礼儀正しくて正直で、新人として必要なものは全部持っているなと』

――由岐さんの魅力は？

『嘘がつけないところ。いい意味で不器用なタイプ。人の信頼を得て勝ち上がっていくことのできる性格だと思います。あと人に感謝できるところもいい』

――由岐さんに期待するところは？

『長所でもありますが、責任感が強いあまり背負いすぎるきらいがある。甘えかたを身に着けたらいいと思います。力を抜くところは抜いて人に助けてもらうのも、組織の中では大事な技能です』

――由岐さんにひと言。

『何度も言うけど、九十九里《くじゅうくり》が千葉《ちば》で、久里浜《くりはま》が神奈川な』

全部は思い出せないけれど、だいたいこんな感じだったはずだ。

これが〝俺の女〟？　どこが……？

どちらかというと私は、本当に昔から見ていてくれたんだと実感して、嬉しかったのだけれど。きっと彼に聞いたら、私が記憶していない、遠い日の最初の会話も覚えているに違いない。

「ちょっと、なに浸ってるの」

肩を揺すられて、はっとした。辻くんが今にも噛みつきそうな顔で私を見ている。

「なんか、ひとりでにやにやしてたよ」

「気のせいだよ」

「俺のこと考えてただろ」

高戸さんの声に、ブッと水を吹き出した。

「当たりだってさ」

「最低、俺の前で……」

ねえちょっと、待って、待って。

「社内報のコメントを思い出してただけです」

「あれを思い出してにやにやしてたの？　信じられない。〝こいつのことは俺に聞け〟みたいなオーラ出てたの、感じないの？」

「だれもあれを読んで、そんなふうに思わないよ……」

「それはユキさんが鈍いだけ」

あまりの言われように、辻くんの足を蹴った。むっと反抗的な目を向けてくる。

「せいぜい口説かれていい気になってなよ。俺はどうせ、これまでと同じで、がんばるしかできないもん」

「口説かれないって、もう」

「どういう意味？」

「だって、そういうのは終わったの」

「だれがそんなこと言ったの？」

だれがって……。

横から不信感丸出しの視線を浴びて、つい正面に助けを求めた。

やりとりを見守っていた高戸さんが、煙草を取り出しながら、眉を上げてみせる。

「だれがそんなこと言ったんだ」

え？

「ほらあー」と辻くんが顔を覆って嘆いた。

「全然あきらめてないし、リミッターだって解除されたわけだし、もう無制限だよ」

「人を暴走車みたいに言うなよ」

「似たようなものですよ。ユキさん流されやすいんだから、変な誘惑やめてくださいよ、ほんと……」

「え、ねえ、本気？」

高戸さんをこわごわうかがうと、悪びれない顔がにやりとする。

「まあ、一応は人のものだっていう敬意は払うよ」

愕然とした。

「だって、辻くんを応援してたって……」

「あきらめるとは言ってない」

「まとまってよかったって」

「あきらめるとは言ってない」

嘘でしょ……。

自分が青くなっているのか赤くなっているのかわからない。

あれ、私、今どう感じている？

「ま、いつまでもちょっかい出されるのがいやなら、さっさと結婚するんだな。さすがに俺も、そうしたら身を引く」

余裕たっぷりに言って、煙草をふかしている。辻くんが目をまん丸にして、なにか言おうとしては失敗し、だんだん赤くなってきた。

高戸さんは声を立てて笑い、ほとんど吸っていない煙草をぽいと灰皿に捨てた。

「残り吸っていいよ。午後早いんだ、失礼」

そう言い残し、さっと消えてしまう。

気づいたら伝票もなかった。私はただ、呆然だ。

「顔に出てるからね」

指摘されて、ぎくっとした。

辻くんはふてくされた様子で、灰皿の煙草に手を伸ばし、迷わずくわえた。おもしろくなさそうにふっと煙を吐き、じろりとこちらを見る。

「やっぱり嬉しいんだ」

「だって、ねえ」

嬉しくないなんて言うほうが嘘っぽい。なんせ相手はあの、高戸さんなのだ。

「仕事以外で、ふたりで会うとかしないでね」

「禁止令とか出すタイプなんだ」

「出してないし、出さなきゃ行っちゃうくらいユキさんがバカなら、出すけどさ。俺が禁止するしないの問題じゃないって、わからない?」

言ってみただけだよ。そんな本気で怒らないでよ。

むっつりと黙る横顔がかわいくて笑い、次いでどきっとした。ソファの上で手を握られたからだ。

「俺、別に、高戸さんに言われたからじゃないけど」

辻くんの手が、冷たい。こちらを向いた顔に浮かんでいるのは、少しの緊張と、なんだろう、決意？

まっすぐな目が、ふいに真剣味を帯びる。

「ちゃんと、考えてるからね」

ずるいよね。こういうとき、なにも言えなくなるような、男の人の顔をするの。かわいかったり、かっこよかったり、忙しい。

「うん」

「揺れないでよ、頼むよほんとに」

「じゃあ、ずっとつないでて」

印象的な、大きな目がちょっと見開かれる。

ソファの上で絡んだ指は、いつの間にか同じ温度になっている。きゅっとそれを握って、辻くんが微笑んだ。

「いいよ」

冬晴れの空気が気持ちよくて、お店を出たところで、思わずうーんと伸びをした。

「戻ったらすぐ打ち合わせだよ」

「長くなりそうなんだよね、二回に分けようかな……」

「一時間半できっちり切り上げましょ。俺、タイムキーパーしますから」

すらっとした身体を日に当てて、機嫌よく言う。

もうつながれてはいない手に、彼の指の感触が残っている。離さないよ、と言ってくれているような、体温の名残。

オフィスビルのエントランスに入る手前で、勝田部長たち一行に遭遇した。数名で食べに出ていたらしく、満足そうなおなかを抱えた布施くんが、お店の情報を辻くんと交換しはじめる。

部長が私に話しかけてきた。

「午後、促進だろ、大丈夫か」

「大丈夫か、とは？」

「だって、子安だろ？」

ああ。

「大丈夫です」

「そうか？」

私の顔を見て、大丈夫そうと納得したんだろう、部長が笑みを浮かべ、そばにいた辻くんの背中を叩いた。

「ユキを頼むぞ」

辻くんが一瞬、きょとんと私を見て、それから頼もしく、にっこりと笑う。

「はい」

エレベーターの前は、ランチ帰りの社員でごった返していた。うわあ、とみんなが長期戦を覚悟したところで、辻くんが私の肩を叩いた。

「ユキさん、階段で行きましょ、遅れちゃう」

「六階に⁉」

とはいえ、まあ、遅れるよりはいい。

人の群れを抜け出して、横手の階段へと走る。辻くんの走りは軽快で、私が階段にたどり着いたころには半階ぶんの見上げる高さにいた。

「遅いなあ」

「ヒールはこういうとき、大変なの！」

必死についていく私が、追いつきそうで追いつかない位置をキープして、辻くんはどんどん上っていってしまう。

「そんなの、脱いじゃいなよ」

清々しくてほがらかで、言いたいことは言うくせに憎めなくて、愛され上手で、でも一生懸命で、それを隠さない素直さと強さを持った、私の大事な人。

「砂浜じゃないんだから」

ブチブチ言いながらも私は、パンプスを足から抜いて手に持った。猛然と駆け上がりはじめた私を、辻くんは足を止め、楽しそうに見下ろす。

追いつく直前、笑いながら彼が広げた両手に、私は迷うことなく飛び込んだ。

あとがき

こんにちは、西ナナヲです。

非常に珍しく（私比）、年下ヒーローのお話です。『好きだなんて生意気だ』というタイトルで数年前に公開しました。文庫化作業のために読み直したら、不得意なテーマで必死に書いてるな～という説明過多な仕上がりで、改稿が大変でした。

常識的なヒロインと、おぃぃ～という感じのしょうもないヒーローというのが私の基本パターンなのですが、この作品では、やってみたいことを全部やってみようと思い、〝仕方のない人〟ポジションをヒロインに振っています。そのぶん社会的責任は負っている設定にしたくて女性管理職に。サイトで更新していた当時、ヒロインに対する厳しいお声をかなりいただき、こういう立ち位置で、かわいらしく共感できるヒロインを書くことの難しさを知りました。ヒーローである辻は原題からもわかるとおり、もっとずっと生意気で、ヒロインを意図的に翻弄するキャラクターの予定でした。まったく計画どおりに動かず、国民の部下みたいな子になっております。高戸は、いわゆる当て馬キャラにはしたくなく、清廉潔白じゃないけれど正義側にいる準ヒーローみたいな感じを目指していました。戦隊ヒーローシリーズでいうところのブラック、もしくは追加戦士みたいな。結果的にはなかなか生々しいクズができあがった気もしますが、これはこれで楽しく書きました。

これを書いている今は三月下旬です。今年も花粉の飛び具合によって体調が変わる日々を送っております。その年によって目に来たり鼻に来たりとつらい場所が変わりますが、今年は鼻（くしゃみ）のようです。やけに目が楽なのは、髪を短くしたせいもあるのかなあと。この一年あまり、マスクをつけるたびに耳周りの髪を整えるのが億劫で、どんどん短くしていったら、人生で一番短くなりました。ものっすごい楽です。そろそろ短いのも飽きてきたのでまた伸ばそうかな……。私は髪が伸びるのがとても速いので、ヘアスタイルを変えるのが楽な代わりに維持が大変です。すぐもっさりします。そういえば最近パーマをかけたら、目がかゆくなることが増えた気がします。髪にストックされる花粉の量って、相当なのかもしれません。

文庫化に際しご助力をいただいた各位、またここまで応援してくださったみなさまに、心からの感謝を込めて。

西《にし》ナナヲ

西ナナヲ先生への
ファンレターのあて先

〒104-0031
東京都中央区京橋1-3-1
八重洲口大栄ビル7F
スターツ出版株式会社　書籍編集部　気付

西ナナヲ先生

本書へのご意見をお聞かせください

お買い上げいただき、ありがとうございます。
今後の編集の参考にさせていただきますので、
アンケートにお答えいただければ幸いです。

下記URLまたはQRコードから
アンケートページへお入りください。
https://www.berrys-cafe.jp/static/etc/bb

溺甘豹変したエリートな彼は独占本能で奪い取る

2021年5月10日　初版第1刷発行

著　者　西ナナヲ
©Nanao Nishi 2021

発行人　菊地修一

デザイン　hive & co.,ltd.

校　正　株式会社鴎来堂

編集協力　馬場彩加

編　集　篠原恵里奈

発行所　スターツ出版株式会社
〒104-0031
東京都中央区京橋1-3-1　八重洲口大栄ビル7F
TEL　出版マーケティンググループ　03-6202-0386
(ご注文等に関するお問い合わせ)
URL　https://starts-pub.jp/

印刷所　大日本印刷株式会社

Printed in Japan

乱丁・落丁などの不良品はお取替えいたします。
上記出版マーケティンググループまでお問い合わせください。
定価はカバーに記載されています。

ISBN 978-4-8137-1086-8　C0193

ベリーズ文庫 2021年5月発売

『御曹司の蜜愛は溺れるほど甘い〜どうしても、恋だと知りたくない。〜』　あさぎ千夜春《ちよはる》・著

リゾート会社に勤める真面目OL・早穂子は、副社長の始にとある秘密を知られてしまう。このままではクビと腹をくくるも、始から「君と寝てみたい」とまさかの言葉を告げられて…。その夜、本能のままに身体を重ねてしまった2人。これは恋ではないはずなのに、早穂子は次第に心まで始に溺れていき…。

ISBN 978-4-8137-1084-4／定価726円（本体660円＋税10%）

『秘密の一夜で、俺様御曹司の身ごもり妻になりました』　滝井《たきい》みらん・著

ある日目覚めると、紗和は病院のベッドにいた。傍らには大手企業の御曹司・神崎総司の姿が。紗和は交通事故で記憶を失っていたが、実は総司と結婚していて彼の子を身ごもっているという。意地悪な総司のことが苦手だったはずだが、目の前の彼は一途に尽くしてくれ溺愛攻勢は留まるところをしらず…!?

ISBN978-4-8137-1085-1／定価715円（本体650円＋税10%）

『溺甘豹変したエリートな彼は独占本能で奪い取る』　西《にし》ナナヲ・著

仕事はできるが恋に不器用な穂香は、人には言えない秘密があった。そんな中、同じ部署に異動してきた駿一と出会う。穂香の秘密を知った彼は、なぜか穂香への独占欲に火がついてしまったようで…!?　「俺が奪い取る」――獣のように豹変した駿一に熱く組み敷かれ、抗うこともできず身体を重ねてしまい…。

ISBN 978-4-8137-1086-8／定価726円（本体660円＋税10%）

『今夜、妊娠したら結婚します〜エリート外科医は懐妊婚を所望する〜』　伊月《いづき》ジュイ・著

出版社に勤める杏は、大病院に勤める敏腕外科医の西園寺を取材することに。初対面から距離の近い西園寺に甘い言葉で口説かれ、思わず鼓動が高鳴ってしまう。後日、杏が親からお見合い結婚を勧められ困っていると知った西園寺は、「今夜妊娠したら俺と結婚しよう」と熱い眼差しで迫ってきて…!?

ISBN 978-4-8137-1087-5／定価726円（本体660円＋税10%）

『仮面夫婦は今夜も溺愛を刻み合う〜御曹司は新妻への欲情を抑えない〜』　晴《はる》日《ひ》青《あお》・著

恋愛不器用女子の紗枝は、お見合い結婚した夫・和孝との関係に悩んでいた。緊張のため"控えめな妻"を演じてしまう紗枝に、他人行儀な態度をとる和孝。縮まらない距離に切なさを覚えるけれど…。「俺はずっと我慢してたんだよ」――熱を孕んだ視線で見つめられ、彼の激しい独占欲を知ることになり…!?

ISBN 978-4-8137-1088-2／定価726円（本体660円＋税10%）

ベリーズ文庫 2021年5月発売

『かりそめ婚ですが、一夜を共にしたら旦那様の愛妻欲が止まりません』　夢野美紗《ゆめのみさ》・著

パリで働く芽衣はバーで知り合った日本人男性に「次に会えたら願いを聞いてほしい」と言われる。次に会うことなんてないと思っていたが、帰国後偶然再会。男性は大手不動産会社の御曹司・長嶺で、その願いというのは「結婚」だったから芽衣は驚きながらも、「かりそめ」の夫婦として付き合うことになり…。

ISBN 978-4-8137-1099-8／定価715円（本体650円＋税10%）

『平凡な私の獣騎士団もふもふライフ3』　百門一新《ももかどいっしん》・著

獣騎士団至上初の女性隊員のリズはもふもふな幼獣たちのお世話係兼、ジェドの相棒獣・カルロの助手として忙しくも楽しい日々を送る。そんなある日、任務の依頼で急遽ジェドと共にリズの故郷へ里帰りすることに！　事件の解決に追われながらも確実に縮まっていくジェドとの距離にリズはタジタジで…!?

ISBN 978-4-8137-1090-5／定価726円（本体660円＋税10%）

ベリーズ文庫 2021年6月発売予定

Now Printing

『いきなり求婚～一途な旦那様に甘く暴かれて』 紅《くれない》カオル・著

祖父と弟の3人でイチゴ農園を営む菜摘は、ある日突然お見合いの席を設けられ、高級パティスリー社長の理仁から政略結婚を提案される。菜摘との結婚を条件に、経営が傾いている農園の借金を肩代わりするというのだ。理仁の真意が分からず戸惑うも、彼の強引で甘い溺愛猛攻は次第に熱を増していき…!?

ISBN 978-4-8137-1100-1／予価660円（本体600円＋税10%）

Now Printing

『身ごもりましたが結婚できません』 惣領《そうりょう》莉沙《りさ》・著

エリート御曹司の柊吾と半同棲し、幸せな日々を過ごしていた秘書の凛音。しかし彼は政略結婚話が進んでいると知り、自分は"セフレ"だったんだと実感、身を引こうと決意する。そんな矢先、凛音がまさかの妊娠発覚！　ひとりで産み育てる決意をしたけれど、妊娠を知った柊吾の溺愛に拍車がかかって…!?

ISBN978-4-8137-1101-8／予価660円（本体600円＋税10%）

Now Printing

『独裁新婚～俺様官僚は花嫁を手のひらで転がす～』 宝月《ほうづき》なごみ・著

料理が得意な花純は、お見合い相手のエリート官僚・時成から「料理で俺を堕としてみろよ」と言われ、俄然やる気に火が付く。何かと俺様な時成に反発しつつも、花純が作る料理をいつも残さず食べ、不意に大人の色気あふれる瞳で甘いキスを仕掛けてくる時成に、いつしか花純の心は奥深く絡めとられて…!?

ISBN 978-4-8137-1102-5／予価660円（本体600円＋税10%）

Now Printing

『瀬名先生とスキャンダラスな嘘婚生活～エリート弁護士は、無垢な新妻に陥落する～』 皐月《さつき》なおみ・著

箱入り娘の渚は、父から強引にお見合いをセッティングされ渋々出かけると、そこには敏腕イケメン弁護士の瀬名が！　実家を出るために偽装結婚をしたいという渚に、瀬名は「いいね、結婚しよう」とあっさり同意する。形だけの結婚生活だと思っていたのに、なぜか瀬名は毎日底なしの愛情を注いできて…!?

ISBN 978-4-8137-1103-2／予価660円（本体600円＋税10%）

Now Printing

『タイトル未定』 若菜《わかな》モモ・著

ロサンゼルス在住の澪緒は、離れて暮らす父親から老舗呉服屋の御曹司・絢斗との政略結婚に協力してくれと依頼される。相手に気に入られるはずがないと思い軽い気持ちで引き受けたが、なぜか絢斗に見初められ…!?　甘い初夜を迎え澪緒は子どもを授かるが、絢斗が事故に遭い澪緒との記憶を失ってしまい…。

ISBN 978-4-8137-1104-9／予価660円（本体600円＋税10%）

タイトル、価格等は変更になることがございますのでご了承ください。